日之影ソラ
ill. NiKrome
身[illegible]で縁談に参加した愚妹の私、
隣国の王子様に
見初められました

「理解したのだろう？
アストレアがいなくなってから、
随分と大変だったんじゃないか？」
アストレア・ウィンドロール
フロイセン王国の公爵令嬢であり、双子の聖女だが、奇跡を起こすことができない。シルバートに見いだされ婚約者となる。
シルバート・ベスティリア
ベスティリア王国の第二王子。眼帯の奥に“真実を見抜く眼”を隠している。

ヘスティア・ウィンドロール
アストレアの双子の姉。
聖女の力が使えることから高慢な性格をしており、アストレアのことを見下している。
「っ……」

「疲れているだろう？
もう眠るといい」
「はい……
殿下は……？」

「もう少し起きているよ。
君が眠るまで」

contents

身代わりで縁談に参加した愚妹の私、隣国の王子様に見初められました

日之影ソラ

ill. NiKrome

プロローグ

「私が婚約したいのはあなたではありません」

「……」

わかっている……そんなこと。

何度目かわからないセリフを耳にして、私の心は冷たくため息をこぼす。だけど実際、ため息をこぼしたのは私じゃなくて、縁談相手のほうだった。

「はぁ……せっかく縁談の場を設けたというのに、なぜあなたのほうが来てしまうのです?」

「……」

「私が婚約を申し出たかったのはあなたではなく、優秀なお姉さんのほうだったのですが……」

そう言いながら呆れ、睨むように優秀じゃない私を見る。

私にそんな愚痴をこぼしたって無駄だ。そんなこと言われても、私の意思でここにいるわけじゃないのだから。

縁談相手は黙っている私を見て、何度もため息をこぼす。

「はぁ……つまりこういうことですか?　ウィンドロール家は、我々と懇意にするつもりはないと?」

「……」

私は黙る。その質問は、私が答えられるような内容じゃない。

また、ため息をこぼされる。

彼はおもむろに席を立ち、壁にかけられたコートを手に取って身にまとう。

「そちらがその気になら、我々もこれ以上無駄な時間を使いたくありません。失礼させていただきます」

「……はい。貴重なお時間を頂きありがとうございました」

「まったくですよ。こんなふざけた対応は初めてです」

すみません、とは言えない。

へりくだったり、謝ることはしないように教育されているから。

ただ、意図は見え透いているとは言っても、こんな風にあしらわれる彼には少し同情する。

彼は扉に手をかける。

「あなたも大変ですね。優秀すぎる姉がいると」

「……」

そう言って立ち去っていく。最後に同情されてしまった私は、ようやく初めてため息をこぼす。

天井を見上げて、呟く。

「……本当にそうですよ」

無意味な縁談を終えて、しばらく部屋でじっとしていた私は重い腰を上げる。

いつまでもじっとしていたら、また愚鈍だと馬鹿にされてしまう。

私は部屋を出て廊下を歩き、縁談結果をお父様に報告するため執務室を目指していた。

「あら？　もう終わったの？」

道中、ふいに声をかけられた。振り向かずとも笑みを浮かべているのがわかる。

私は立ち止まり、声のするほうへと顔を向ける。そこには、私によく似た……ううん、そっくりな女性が立っている。

自分でも驚くほど、顔の形や背丈も一緒で、違うのは髪と目の色くらいだ。

「お疲れ様。今回もちゃんと断られたかしら？　アストレア」

「……ヘスティアお姉様」

私たちは双子の姉妹。姉のヘスティアと、妹である私。よく似ているのは当然で、けれど決定的に違う。何もかもが。

「その様子ならいつも通りだったみたいね。相手の方はどんな反応をしていたかしら？」

「……呆れて、怒っていました」

「そう、滑稽ね。私が縁談を受けると思ったのかしら？　たかだか中流階級の貴族相手に、私の貴重な時間を割くわけないじゃない。あなたもそう思うでしょ？」

「……」

彼女は優雅に笑みをこぼしながら同意を求めてくる。

私は頷きもせず、ただ黙っている。すると彼女は決まって、ため息交じりに呟く。

「相変わらず可愛げがないわね。根暗で能無し、こんなのが本当に私の妹なのかしら。いつも疑ってしまうわ」

「……」

「何黙っているのよ。無能でごめんなさいって謝りなさいよ」

「……ごめんなさい」

私が謝ると、お姉様は満足げに笑みを見せる。

お姉様は私のことを見下している。

姉妹だとすら思っていない。けれど、私がお姉様より劣っているのは周知の事実だった。

「はぁ、スッキリしたわ。それじゃ私は教会でお祈りをする時間だから、もう行くわ」

「……お気をつけて、お姉様」

「あなたは家でのんびり、無駄な研究でもしているといいわ」

「……」

そう言ってお姉様は背を向け、廊下を歩き去っていく。

王都の教会へ向かう。聖女としての役割を果たすために。

私たちは生まれた時から特別な双子だった。

神に愛されし乙女……聖女。あらゆる奇跡を祈りで起こし、どんな病や傷も完治させる。

魔を退ける光の結界を生み出し、人々の生活を守護する役割を担う。

そんな奇跡の存在に、私たち双子は選ばれた。

聖女は一世代に一人だけ。つまり世界中探しても、聖女は一人しか存在しない。けれどそんな常識を私たちは覆した。

双子だったことが影響したのだろうと、研究者たちは語る。

私たちは史上初となる二人の聖女として誕生した。

両親は凄く喜んで、私たちの生まれたウィンドロール伯爵家は、王家から公爵の地位を頂けた。

私たちは期待されていた。順調だった。

生まれた直後は……。

身体が成長し、物心ついた頃だった。私たちに宿った聖女の力には、大きな差があることが発覚した。

姉は天才だった。誰に教わるわけでもなく、幼くして聖女の力を使いこなし、祈りで奇跡を起こしてみせた。

対して私は、何もできなかった。どれだけ祈っても奇跡は起きない。

聖女らしく手元が光るだけで、癒しの力もか弱かった。その頃はまだ、今だけだろうと思われていた。もっと成長すれば自然に聖女の力も使えるようになって、姉と並ぶ存在になるに違いないと。

けれど一年、五年、十年経とうとその差は埋まることはなかった。それどころか私たち姉妹の差は大きく広がった。

いつしか、私を見る周囲の目は冷ややかになった。

姉の陰に隠れた出来損ない。聖女の癖に奇跡も起こせない無能。肩書だけの役立たず。

酷い時なんて、神に背いた裏切り者なんて呼ばれてしまった。そんな私のことを、両親は庇ってくれなかった。

逆に罵り、遠ざけた。


姉と別れた私は、お父様のいる応接室に向かう。扉の前に立ち、トントントンと三回ノックをしてから名前を口にする。

「お父様、アストレアです」

「――入れ」

低く冷たい声を聞き、私は扉を開ける。

お父様は仕事中だった。書類の山に目を通し、私が入ってきても構わず仕事を続けている。

「失礼します、お父様」

「何の用だ?」

「はい。縁談のほうが終わりましたので、その、報告を」

「そうか。結果は?」

「相手の方はお帰りになられました」

端的に伝える。

お父様は書類をめくり、一切気にする様子はない。

娘の縁談があったというのに、興味も示さない。

「そうか。わかった」

ぼそりと一言口にする。何がわかったのだろうか。

姉のように私のことを馬鹿にする様子はないけれど、興味を示してくれないのは悲しい。

この人にとって私は、娘ではないのだろうかと……思ってしまう。

私はこの空気が苦手だ。

「失礼します」

報告を済ませて、そそくさと逃げるように背を向ける。

「アストレア」

「――はい」

名を呼ばれて振り返る。

久しぶりだった。お父様に名前を呼んでもらえるのは。少しだけ嬉しくて、明るい気持ちで振り返る。けれどお父様は目も合わせず、冷たく言い放つ。

「ヘスティアの邪魔だけはするな。お前はただ、言われた通りにしていればいい」

「――！　はい」

お父様からの忠告を受け取り、ほんの少しだけしていた期待は打ち砕かれる。

わかっていたことなのに、私は落ち込みながら部屋を出る。

一人とぼとぼと歩きながら、周りに誰もいないことを確認してため息をこぼす。

「……そんなこと、言われなくてもわかってるよ」

私は出来損ないだ。そんな私のことを見てくれる人なんて、この世界には一人もいない。

聖女の癖に何もできない私に、仲良くするだけの価値はなかった。

今日みたいな縁談も初めてじゃない。

元々はお姉様に来た縁談の話だけど、相手が自分に見合わないとわかると、身代わりに私を出席させる。

相手はお姉様が来ると思っているから、私が来て驚いたり、呆れたり、怒ったりする。

当然ながら誰一人として喜ばない。

たまに私を通してお姉様と仲良くなろうとして、一時的に婚約を結ぶこともあるけれど、私に利用価値がないとわかれば、すぐに婚約破棄され捨てられる。だから、今回みたいにハッキリと、最初に断ってもらえるほうがマシだと思えるようになった。

お姉様はというと、身分的に見合った相手との縁談には出席するけど、趣味が合わないとか、顔が好みじゃないとかいう理由で全て断っている。

とても酷い対応をしている。けれど、お姉様には聖女の立場があるから、誰も文句は言えなかった。

みんなお姉様と懇意にしたがるのは、聖女の力を持つ特別な女性の血を、自らの家系に取り入れたいがためだ。

次代の聖女は、血縁者から生まれることが多い。

私とお姉様の場合は違ったけれど。

私は自室にたどり着く。テーブルの上には書類の山と、中身が空になった小瓶が置かれている。

床の木箱には薬草などの素材。さながら小さな研究室だ。

「……よし」

気持ちを切り替えて今日も頑張ろう。私はここで、新薬の研究をしている。

聖女としての力が弱い私は、お姉様のように祈りだけで他者を救うことはできない。だから私は、私なりの方法で国に貢献しようと思った。

祈りは通じなくとも、薬なら多くの人々を助けることができる。

期待されなかった私は時間だけはたっぷりあった。

屋敷の書物を読み漁り、独学で薬草やハーブなどの知識を身に付け、お父様に頼んで設備を用意してもらい、日夜研究に励んでいる。

お姉様は無駄な努力と言うけれど、着実に成果は上げている。

これまで七本、新しい薬を開発してきた。そして今、八本目の新薬が完成間近だ。

北の大地で流行っている伝染病に効く新薬。これを開発すれば多くの人々が病から解放される。

聖女の祈りは届かなくても、薬なら遠く離れた地の人々まで届いてくれる。

無駄なんかじゃない。

私がやっていることは必ず、多くの人々の役に立つ。

そしていつか、私のことも……。

◇◇◇

二日後、新薬は完成した。

完成した新薬をお父様に報告すると、いつものように私に代わって王国へ報告してくれる。

製造法を伝えれば、宮廷にいる薬師の方々が量産してくれる。これで一つ、成果が積み上げられた。

まだまだお姉様に追いつくことはできないけれど、少しでも近づくことができれば……。

と、思っていた時だった。

廊下を歩いていると、クスクス笑い声が聞こえてきた。

「聞きました？　アストレア様、また薬を開発したらしいわ」

「そうなの？　頑張るわね、無駄なのに」

話しているのは屋敷の使用人たちだった。

彼らも私のことを馬鹿にしている。この屋敷に、私の味方は一人もいない。

陰口も今さらだから気にせず通り過ぎようとした。

「本当に気の毒だわ。どれだけ頑張っても、全部ヘスティア様の手柄になるのに」

「……？」

けれど私は立ち止まった。

思わぬ一言に動揺して。

「その話、本人は知らないのでしょう？」

「らしいわね。当主様は酷いことをなされるわよ」

「仕方がないわよ。そういう役回りとして生まれてきたんだわ」

「……そんな……」

まさか、そんな、嘘でしょ？

顔が青ざめたのがわかる。

私はいても立ってもいられず、噂の真偽を確かめに走る。

いくら私のことを娘と思っていない父でも、私を見下す姉でも、私の成果を横取りしているなんて考えたくなかった。でも、一抹の不安が過る。

あの人たちなら……やりかねない。

私はノックもせずに、お父様の執務室を開けた。

「お父様！」

お父様はびくりと反応する。

普段は無視をするお父様も、私がいきなり入ってきたことには驚いた様子だった。

「なんだ？　アストレア、ノックもせずに無礼だぞ」

「ごめんなさい。でも……お父様！」

走ってきた私は呼吸を乱しながら、縋るように尋ねる。

間違いであってほしい。首を横に振ってほしいと。

「私の新薬は、ちゃんと私が作ったと報告していただいているのですよね？」

「――」

わずかに、お父様の眉が動く。

「お姉様の成果になんて……して、いませんよね？」

「……はぁ」

お父様はため息をこぼす。その呆れの意味は……何ですか？

腕を組み、冷たい視線で私を見ながら言う。

「それの何が悪いんだ？」

「――！」

私は言葉を失った。否定でも、肯定でもなくて、開き直った。

信じたくなかったけれど、もはや事実は覆られない。

「お父様……？」

「アストレア、お前の役目はヘスティアの役に立つことだ。聖女として役に立たないお前でも、それ以外で役に立つなら十分だろう？」

「……」

何が十分なんですか？

何が満たされるというのですか？

お父様の表情から、一切悪いことをしたなんて思っていないことが伝わる。

嫌というほど、わかってしまう。この人にとって私は娘ではなくて、姉を支えるための道具に過ぎないのだと。

お姉様は知っていたのだろう。だから言ったんだ。

無駄な努力と。ああ、本当にその通りじゃないか。

「これからも励むといい。姉のために」

「……」

私は自分の人生を、自分のために生きることができないらしい。

◇◇◇

その日は何もする気が起きなかった。

新しい薬の開発に取りかかろうと準備した素材が、乱雑に床に置かれている。

整理する気力も、勉強するやる気も出ない。ただただ空しくて、少しずつ……苛立ちを覚える。

「なんで私ばっかりこうなの？」

期待を裏切ったから？

才能を持つ姉に全てを奪われても仕方がないの？

どんな努力も何もかも、優秀な姉に吸い上げられて、私の手元には何も残らない。

無能で役立たずな愚昧。周囲が私を見る目は、小さい頃から変わらない。

きっとこの先もずっと……。

ガチャリと扉が開く。

「アストレア、ちょっと何？　暗いんだけど？　カーテンくらい開けたらどうなの？」

「……お姉様」

「じめじめして暗くて気持ちが悪い場所ね。こんな場所で研究なんてしてるから、アストレアは真っ当な聖女になれないのよ」

「……」

苛立ちを感じてしまう。私の成果を横取りして、評価を上げているだけの癖に……と。

無意識に、敵意のような視線を向けてしまった。

それが姉を苛立たせる。

「何よその目は？　文句でもあるの」

「……別に」

「ふんっ、あるわけないわよね。聖女の癖に奇跡も起こせない落ちこぼれだもの。そんなあなたは、私の役に立つことだけしていればいいのよ」

「……」

ああ、どうして？

聖女は神様に選ばれた乙女で、清らかな心の持ち主に力が宿ると言われている。

もし本当なら、神様は意地悪だ。こんな人にばかり……力を与えている。

「アストレア、明日縁談があるわ。出席しなさい」

「……またですか？」

「ええ。相手は過去最低よ。どこの田舎貴族かもわからないわ。家名を聞いても全然ピンとこないの。よくそんな地位で私に縁談を申し込めたわね」

やれやれとお姉様はため息をこぼしながら首を振る。

時折ある。ダメ元で、お姉様との縁談を申し込んでくる地位の低い貴族が。

今回もそのパターンで、お姉様はとても不機嫌だった。

プライドの高いお姉様にとって、地位の低さを理解しない貴族と話す時間など無駄なだけ。

必然的に私が出席して、あしらうことになる。

「……もう、やめようよ」

「は？」

ふいに本音が漏れてしまった。いろいろ嫌になって、暗い感情があふれ出ていたせいだ。

私は口にした直後に、しまったと後悔する。

お姉様はあっという間に不機嫌さが増して、私を睨みつける。

「何言ってるの？」

「……だ、だってこんなこと、相手に失礼だし。婚約する気がないならちゃんと断ったほうが」

「私に口答えする気？　いい度胸じゃない。足手まといの癖に」

「っ……」

いつになくハッキリと暴言を吐き捨てられる。

不機嫌なお姉様は、近くにあった小瓶をつかみ、私に投げつけてくる。

「や、やめてお姉様！」

「あなたが口答えなんかするからでしょ？　いいから従いなさい。あなたにできることなんて、それくらいしかないのよ」

お姉様は床に置かれた素材の木箱を乱雑に蹴飛ばし、必要以上に部屋を荒らして出ていく。

私にとって唯一の居場所だったこの部屋も、結局はお姉様のために用意された舞台でしかなかった。どこまでいっても私は、お姉様を支える道具でしかない。

もういっそ、こんな家を出られたら……。

とか思っても、飛び出す勇気も覚悟もない私は、言われた通りにするだけだった。

◇◇◇

翌日。私は姉の代わりに縁談に向かう。

今回は少し特殊で、縁談の場所は相手の屋敷になった。本来ならありえないことだ。

同じ貴族でも身分に差があれば、高いほうに従うのが普通なのに。そういう常識のないところも、姉を苛立たせたに違いない。

私は馬車に揺られ、二日かかる遠方の領地に足を運ぶ。

そこは隣国ベスティリアの国境付近だった。街もなく、暮らしている人々もいない。

こんな場所を領地にしている貴族がいたことにも驚いたけど、案外立派な屋敷が一軒だけ建っている光景にも驚かされた。

「こちらでございます」

「ありがとうございます」

到着した私は執事に案内され、屋敷の部屋の少し前にたどり着く。

この部屋に、変わった領主様がいるらしい。

少しだけ興味が湧く。そして、なんとなく予感がした。私が求めていたものがこの先にあるような……漠然とした予感が。

まるで吸い寄せられるように、私は扉を開ける。

「ようこそ、我が領地へ」

「——あなたは……」

一目見て、違うとわかった。

銀色の美しい髪と、左目を黒い眼帯で隠している。眼帯に縫い込まれた紋章は、この国の物ではなかった。話には聞いたことがある。

生まれながらに片目の光を失った隣国の第二王子。

「シルバート殿下？」

「ああ、もう気づいたのか。やっぱりこの眼帯は目立つな」

「どうして殿下がここに？　ここはベスティリア王国の領地では」

「わかっているよ。とりあえず座ってくれ」

「は、はい」

訳がわからぬまま、私は殿下の前のソファーに腰を下ろす。案内してくれた執事の淹れたお茶を殿下は飲み、一呼吸置く。

「君は妹のほうか？」

「は、はい。アストレア・ウィンドロールです」

「そうか、君が……なるほど」

殿下は私の顔をじっと見つめている。灰色の片方しかない瞳で。


シルバート・ベスティリア第二王子。生まれながらに病で片目の光を失い、その眼を眼帯で隠して生活している。

文武両道、優れた才能を持つお方ではあるけど、変わった性格をしているとも聞いている。

貴族や王族の価値観に縛られず、自由奔放に、我が道を行く生き方は、一部の貴族たちからはロクデナシと揶揄されている。

しかし国民からの支持は高く、他人との距離感を測るのが上手いため、他国に多くの友人を持つとか。

私も噂しか聞いていなかった凄い人物が、なぜか目の前にいる。

「どうして殿下がこちらに？　私はカパート伯爵様とのご縁談だとお伺いして」

「ああ、それは俺が作った架空の貴族だ」

「か、架空？」

「最初から本当の名を明かすと、名につられた奴らが来てしまうからな。安心しろ。この国の王子から許可は貰っている。あいつとは仲がいいんだ」

さっきから何をおっしゃっているのか理解できなかった。わざわざ他国で偽りの家柄を名乗り、縁談を持ちかけてきた理由は何なのか。

頭の中には疑問しか浮かばない。

「混乱しているな。まぁ無理もない。別に難しい意図はないぞ？　俺は本気で、婚約相手を探しているんだからな」

「ど、どうしてこんな回りくどい方法をされているのですか？　殿下なら縁談などせずとも、いくらでもお相手はいらっしゃるはずではありませんか？」

「それじゃ意味がないんだ。俺の名につられてくる相手は、俺ではなく俺の地位や権力目当てだからな。俺はそういう相手と関わる気がない。だから試しているんだよ。辺境の貴族を騙り、わきまえない態度をとって、それでも関わろうとする者がいるのか」

殿下はニヤリと笑みを浮かべ、私の顔を指さす。

「君が初めてだ。この縁談にやってきたのは」

「初めて……」

「ああ、これまではやる以前に断られていた。まぁそうだろうな。誰もこんな訳の分からない貴族の男と婚約したいとは思わない。今回もダメ元だったが君が来てくれた。正直ちょっと嬉しいよ」

「嬉しい……ガッカリしたの間違いではありませんか？」

　ふと、声に漏れた。卑屈なセリフが、感情が。

　殿下に対して無礼だとか思う以前に、なんだか悲しくなってしまった。

「ガッカリ？」

「……私は出来損ないの妹のほうですよ？　縁談相手なら、お姉様に来ていただいたほうがよかったはずです。お姉様もお相手が殿下ならきっと……」

「はぁ……話を聞いていなかったのか？　俺は、お前が来てくれて嬉しかったと言っているんだ」

「……え？」

　俯きかけていた顔を素早く上げる。

　殿下は私を見つめている。力強く、まっすぐに、真剣な表情で。

「俺が求めているのは地位や権力じゃない。そういうものに左右されない感性を持った相手だ。そういう意味じゃ君はピッタリだな」

「えっと……でも私は落ちこぼれで」

「そう自分を卑下するな。君は自分が思っている以上に優秀だよ。たった一人で新薬を八つも作るなんて大したものだ」

「――！　どうしてそれを」

私の新薬は国内でしか使われていないはずだ。他国にまで情報を……しかも、作ったのは私じゃなくて姉ということになっているのに。

殿下はとんと、眼帯に触れる。

「俺は眼がいいんだよ」

「眼？」

殿下が触れているほうは、生まれながらに光を失っている左目だった。

私は首をかしげる。すると殿下は答え合わせをするように、左目の眼帯を外した。

そうして眼を見開く。青く澄んだ瞳が、こちらを見ている。

「綺麗……」

「俺の眼は見えないんじゃない。特別見えすぎる眼なんだよ」

「どういうことですか？」

「いろいろ見えるんだよ。この眼を通せば相手の真意とか、これまでのこととか、秘められた力も含めて、その対象の情報を読み取れる。そういう類の神眼を生まれながらに持っていたんだ」

殿下は語る。生まれた時から彼の瞳は特別で、あらゆる真実を見抜く眼と噂されていた。

そんな彼が瞳を閉じ、力のことを隠すようになったのは物心ついてすぐのことだった。

彼には見えてしまう。

近寄ってくる者たちの下心が。綺麗事を並べる者たちの心が、黒くよどんで見えたという。

「だから俺は隠すことにした。父上たちも、力に寄ってくる者たちを警戒していたから、秘密を知る者は数少ない」

「そ、そんなことを私に教えてしまって、よかったのですか？」

「よくはないな。だが、こうしたほうが婚約の話を進めやすい」

「え？」

婚約？

殿下は確かにそういった。

「誰と……？」

「君以外に誰がいるんだ？」

二度目の驚きに言葉が出なかった。

固まる私に殿下は続ける。

「君は自分を勘違いしている。普段閉じている眼で直接見ずとも、君のことはなんとなく見えていた。それは紛れもなく、君の中の聖女の力故だ」

「聖女の……でも私は……」

「落ちこぼれだと？　俺はそうは思わないがな」

「ど、どういう」

ことですか？

私は聖女として落ちこぼれで、祈りもまともにできないのに。

「悪いが全て教える気はない。俺たちはまだ、赤の他人だ」

「……」

「だが婚約を結べば変わる。俺の眼で見えたことを君に伝えてもいい。君が俺との未来に期待してくれるのならな」

「殿下との……未来？」

私が殿下と婚約して、その先にある未来。

ダメだ。まったく想像できない。私が一国の王子様と婚約するなんて考えたこともなかったから。

「アストレア、君はどんな人生を歩みたいんだ？」

「どんな……？」

「ああ、君は今、幸せか？」

「――」

心の中で風が吹き抜けるような感じがした。

殿下の問いに私は応える。偽りなく、思うままに。

「幸せじゃありません」

ああ、そうだ。

私は一度も幸せなんて感じていない。

「私は別に、聖女になりたかったわけじゃない」

生まれが聖女だった。

そして、双子の出来損ないな妹だった。

「私がどれだけ頑張っても、全部お姉様の成果になってしまうんです」

それが悲しくて、腹立たしいと思うようになった。

お父様ならきっと、立場をわきまえろと言うだろう。

何が立場だ。正しいことをしたって、私は否定される。そんな毎日を過ごして、幸せなんて感じられるはずがない。

「私は……ただ、頑張ったら褒めてほしい。ちゃんと私を見てほしい。そういう、当たり前の生活がしたいんです」

「それが君の幸せなんだな」

「はい」

それだけでいいんだ。特別なことなんて何もいらないから。

平穏で、ありきたりで、幸福な日々を……。

「ならその夢、俺が叶えよう」

殿下は手を伸ばす。

私に向けて。

「俺と婚約してくれ。君の未来は俺が保証する」

「……私でいいんですか？　優秀なお姉様じゃなくて」

「君のほうが優秀だ。俺の眼はそうだと言っている。だから君で、いや、君がいい」

「――」

身体が、心が震える。生まれて初めてかもしれない。

私を必要としてくれた人は……だから私は、その手を取った。

「よろしく……お願いします」

「ああ、こちらこそ」

この人と一緒に生きて行く未来を、期待して。

◇◇◇

アストレアが去り、シルバートは見送る。

一人で自室に戻った彼の下に、長年付き添った執事が顔を出す。

「お疲れ様でした。坊ちゃま」

「ああ、疲れたよ」

「お決めになられたのですね？」

「……不服か？」

「いいえ、坊ちゃまがお決めになられたのであれば、私は何も言うことはございません」

「そうか。これで兄上や父上も、俺に面倒な縁談を持ちかけてこなくなる」

彼は自らの将来を、政治に利用されることを拒んでいた。

特別な瞳と、王子という地位。彼に取り入ろうとする貴族は多く、国王にとっても有力貴族や他国と懇意にするために、彼の存在は大きな意味を持つ。

自分の意思で愛する相手も選べないことに、彼は苛立っていた。だからそれに歯向かうようにと、偽りの名を名乗り、地位に縛られない相手を探した。

全ては政治に利用されることを避けるために。

だが、それだけではなかった。

「爺」

「何でしょう?」

「やはり緊張するな。将来、自分が愛するとわかっている相手を、口説き落とすのは」

「――左様ですね」

シルバートの瞳は知っている。

彼女こそが、運命の相手であると。


そして彼女こそが、真の聖女であることも。

第一章

夢のような出来事があった。

姉の身代わりで参加した縁談の相手が、まさか隣国の王子様だった。そして王子様には秘密があって、私にその秘密を共有してくれた。

私のほうが優秀だと、姉よりも優れていると言ってもらえた。

姉ではなく、私と婚約したいと……。

「夢ならまだ、覚めないでほしいな」

揺れる馬車の中でぼそりと呟く。

振動の感覚がお尻から全身に伝わって、意識はハッキリとしている。

頬をつねったり、手をグーパーしたり。夢みたいだけど、夢なんかじゃない。

それを何度も、何度も確認しては、ふいに表情がほころぶ。

「夢じゃ……ないのね」

つい二日前に経験したことは、今もハッキリと思い出せる。

シルバート殿下の表情も、声も、仕草も。より鮮明に、色あせることなく頭に浮かぶ。

私は本当に、隣国の王子様から婚約を申し込まれたんだ。

嬉しさと期待で胸がいっぱいになる。

これまでの人生で感じたことのない胸の高鳴りだ。

ガタンと馬車が揺れた。

「アストレア様、お屋敷に到着いたしました」

「――！　はい。ありがとうございます」

いつの間にか屋敷に戻ってきていたらしい。

シルバート殿下との話が嬉しくて、何度も思い返していたから気づかなかった。

馬車を操縦してくれた使用人は、酷く疲れたようにため息をこぼす。

「はぁ……早く降りていただけませんか？」

「す、すみません」

この屋敷では、使用人ですら私にきつく当たる。

本来、屋敷の主人の家族にこのような態度をとれば、即刻バツが与えられるだろう。けれど私に対しては例外だった。

以前に使用人の一人が私を怒鳴ったことがある。

どうして怒られたのか、もう覚えていないけど。それをお父様やお姉様は見ていた。

お父様は呆れてため息をこぼし、お姉様はクスクスと笑っていたことだけは、今もハッキリ覚えている。

その瞬間、使用人たちは思ったのだろう。

私に対しては何をしてもお咎めはない。

彼らは日々の仕事のストレスを発散するように、私を見下し、厳しく当たるようになった。

私は急いで馬車を降りる。

操縦者の男性は、私が降りるのを睨むように見ていた。

「はぁ……」

もう一度大きなため息が聞こえた。

辺境の土地までは馬車でも二日間かかるほど遠い。その道のりを、私を送るために走っていた。

どうしてこんな面倒な仕事を、と思っているに違いない。

ああ、戻ってきてしまった。ここに立つと嫌でも後ろ向きな気持ちで胸がいっぱいになる。

目の前には自分が暮らす屋敷。わが家への帰還は、浮かれていた心を現実に引き戻す。

「……報告しなきゃ」

私は重い足を動かし、屋敷の中へと戻った。するとタイミングがよかったのか、玄関の近くをお姉様が通りかかる。

お姉様は扉が開く音で私に気づき、こちらを向く。

その表情はニヤッと笑みを浮かべ、私のことを馬鹿にする気がうかがえた。

「あら、戻ってきたのね」

「はい。ただいま戻りました、お姉様」

「そう。それで？　今回はどうだったの？」

「……婚約、することになりました」

私がそう言うと、お姉様はわずかに眉を動かす。けれど大きくは驚かない。

婚約を断られるパターンと、婚約して戻ってくるパターンはすでに経験済みだ。

その理由も理解しているから、お姉様は笑みを浮かべる。

「さすが辺境の貧乏貴族ね。あなたと婚約して私たちに取り入ろうとしているのでしょうけど、無駄な努力だわ」

やれやれとお姉様は呆れる。

お姉様が言うように、私と婚約する人は大抵、私を利用しようと考えている人たちだった。

落ちこぼれとは呼ばれていても、一応はウィンドロール家の令嬢だ。

上手く取り入れば、ウィンドロール家との良好な関係が築ける。

地位や権力の弱い貴族たちにとって、それは穴に垂らされた一本の蜘蛛の糸に見える。しかし所詮は淡い希望でしかない。

私にどれだけ取り入ろうと、ウィンドロール家は動かない。

いつしか私に利用価値がないと悟り、向こうから婚約破棄を申し出される。

そういう経験を何度もしてきた。だけど今回は……違う。

「お、お姉様、婚約のことでお伝えしたいことがあります」

「え、何かしら？　婚約したくないとか言わないでよね」

「そうではなくて、お相手のことで……お父様にもご報告しなくてはいけないことがあるんです」

「……そう、じゃあ報告に行きましょう」

お姉様は一瞬訝しむように私を睨み、そそくさと歩き出す。

私は一呼吸を置いて、お姉様の後に続く。

殿下からは、数日後に正式な婚約の連絡をすると伝えられている。

その前に私から婚約について当主に説明を入れてほしいとも。隣国の王子様との婚約だ。

国同士の関係にも影響する大きな出来事でもある。

先に伝えるべきなのは理解できるけど、あまり気乗りはしなかった。だって……。


信じてもらえるわけがないから。


執務室にたどり着く。ノックをして許可を貰い、中へと入る。

「いらっしゃい、ヘスティア」

お姉様に挨拶をしたお父様は、私に気づいて不機嫌そうな顔をする。

「戻っていたのか、アストレア」

「は、はい。先ほど戻ってまいりました」

「そうか。で、何の用だ？　婚約はどうなった？」

「それについてアストレアからお話があるみたいですよ、お父様」

お姉様はニコやかにお父様へ説明する。

お父様も彼女の話ならちゃんと聞いてくれる。

私を助けたわけじゃないだろうけど、おかげで話し出せる空気にはなった。

「……」

「何だ？　早く話せ。私も忙しいんだ」

私は大きく深呼吸をする。

意を決するように、私はお父様に伝える。

「お父様、私はベスティリア王国の第二王子、シルバート・ベスティリア様と婚約することになりました」

言った。ハッキリと、二人に聞こえるように。

気持ちが高ぶり、呼吸が少しだけ苦しくない。

呼吸の感覚が乱れて、少しだけ意識がくらっとしそうだ。まっすぐ前を見ているけど、お父様の表情が視界と一緒にぼやけてよく見えない。

数秒、静寂が部屋を包む。

そして——

「ぷっ」

静寂を破ったのは、私の隣にいたお姉様の笑い声だった。

「ふふふっ、アストレアあなた、面白い冗談を思いついたわねぇ」

「お姉様……」

彼女は豪快に笑っている。

よほど笑いのツボにはまったのだろう。

涙目になりながら、笑ってお腹を押さえていた。すでにまったく信じていないのは明白だ。

「あなたが王子様と婚約？　しかも隣国の？　アストレア、あなた笑いの才能はあるんじゃないのかしら？」

「……冗談ではありません」

「もう十分よ。嘘のつもりならもっと現実的な嘘をつきなさい。じゃないと笑ってしまってまともに話せないわ」

お姉様は微塵も信じる気がない。

そしてもう一人、お父様はというと、私を見ながら盛大にため息をこぼす。

「はぁ……アストレア。そのような嘘は控えろ。隣国とはいえ相手は王子だぞ。もし何らかの理由で知られたら国際問題になる。何より失礼だ」

案の定、お父様も信じてはくれなかった。怒りよりも呆れのほうが強いのだろう。

姉は笑い、父はため息をこぼす。わかっていたことだけど、実際に信じてもらえないと多少心には来る。

それでも私は、二人に向かって続ける。

「信じていただけないかもしれません。ですが本当のことです。今回の縁談のお相手がシルバート殿下でした。殿下は身分を隠し、縁談の場を設けていたのです」

私は淡々と、できるだけ二人の反応を気にせずに説明した。

辺境の地での出来事を。簡潔に、わかりやすく二人に。話を最後まで聞き終わり、笑い終わったお姉様が言う。

「随分と考え込まれた嘘ね。あなた、本でも書けばいい話ができるんじゃない？」

「……」

私はお姉様と視線を合わせる。するとお姉様はあからさまに不機嫌になった。

「何よその顔、気に入らないわね」

「……い、今話したことは本当のことです。数日後に正式な書類をお送りすると殿下はおっしゃっていました」

普段ならすぐに謝るところで、私は一歩前へと踏み込む。

殿下から貰った言葉が私の勇気になり、背中を押す。そんな私の態度に、怒りを通り越してお姉様は呆れる。

「……はぁ。もし本当にそんなことがあったのなら、あなた、騙されているわよ」

「え――」

騙されて……いる？

「だってそうでしょう？　隣国の王子様がどうしてあなたなんかと婚約するの？　理由がまったくないじゃない」

「そ、それは……私のことを認めて」

「はい？　認める？　何を？　どこを？　私と比べて、あなたが勝っていることはあるかしら？　あるなら言ってごらんなさいよ」

「……」

私は言い返すことができなかった。

お姉様と私、どちらが優れた人間かなんて、これまで嫌というほど思い知らされてきた。

唯一頑張っていた薬学も、お姉様を育てる肥やしにされていたし。

私には何もなかった。自慢できることなんて何一つ……。

「ないでしょう？　そんなあなたと婚約するなんてありえないわ。考えつくとしたら一つ……あなたをからかって遊んでいたのよ」

「――！」

そう……なの？

私はからかわれていただけだったの？

思考が止まる。殿下から頂いた言葉のほとんどが、ガラス細工のように砕けていく。

そうかもしれない。お姉様の言う通り、私と婚約するなんて普通じゃない。

本気ではなく、からかわれていると思ったほうが自然だ。

「お父様、アストレアは長旅で疲れてしまっているようですね」

「そのようだな。アストレア、しばらく部屋で休め」

「……はい」

珍しくかけられた優しい言葉にも、私は何も感じることができなかった。

生まれて初めての希望が、一瞬にして潰えるような絶望感。

殿下の言葉より、姉の言葉のほうが信じられてしまうのは、私がそういう人生を歩んできたからに他ならない。

◇◇◇

あれから一週間が過ぎた。

聞いていた殿下からの正式な婚約報告は、未だ届いていなかった。

私はベッドでうずくまる。

「……やっぱり」

からかわれていただけだった。

殿下との婚約なんて幻でしかなくて、かけてくれた言葉も……偽りで。

涙がこぼれてくる。布団が濡れて冷たくなって、私は何もかもを諦めるように、無気力に起き上がる。

「もう……」

どうでもいい。このまま屋敷を飛び出して、どこか遠いところに消えてしまいたい。

惨めさがいっぱいで、心が限界だった。

私はトボトボと歩き部屋を出て、幽霊みたいにフラフラと玄関にたどり着く。


その時、扉がノックされた。

来客だろうか。それにしても、外がなんだか騒がしい。

今出て行っても止められると察した私は、もう一度部屋に戻ろうと踵を返す。

「失礼するよ」

「――!」

聞こえた声に反応して、私は立ち止まる。

ゆっくりと扉が開く。虚ろだった視界に光が差し込み、綺麗な銀色の髪が見えた。

忘れるはずがない。今、扉の向こうから聞こえた声は――

「シルバート……殿下?」

「迎えに来たぞ、アストレア」

彼は微笑む。

優しく、暖かな笑顔を向けられて、私の瞳から涙がこぼれる。

「……本当に、来てくださったのですね」

「当たり前じゃないか。言っただろう？　君と婚約すると」

「嘘じゃ……なかったんですね」

「信じてなかったのか？　俺は嘘をつくのも、つかれるのも嫌いだ。だからあの日の約束に嘘はないよ」

「う、うぅ……」

涙が止まらない。

せっかく殿下が迎えにきてくれたのに、情けない姿を見せている。けれど悲しい涙じゃない。

嬉しくて、温かくて、感情があふれ出すんだ。

この時やっと、私の中で夢と現実が繋がった。

「何を泣いているんだ？」

「すみません……私……」

嬉しさ以外の感情も遅れてこみ上げる。

殿下はちゃんと約束を守ってくれた。けれど私は、殿下のことを信じきれずに疑ってしまった。

そんな自分の弱さが情けない。

お姉様の言葉よりも、殿下の言葉を信じるべきだったと、心から後悔する。

殿下は私の内心を見透かすように、優しく微笑みながら言う。

「少しずつでいい。俺のことを信じられるようになれ。その前にまず、自分の気持ちに素直にならないといけないぞ」

「素直に……なっていいのでしょうか」

「俺が言っているんだ。いいに決まっている。少なくとも俺の前ではそうしておけばいい」

「――はい」

私は流れる涙を拭い、できるだけ明るく笑顔を見せる。

嬉しさを示すように。殿下には泣き顔ばかり見せたくはないから。

殿下は私の笑顔に応えるように、明るい笑顔を見せてくれた。

そこへ慌てたように二つの足音が近づいてくる。

誰なのかはすぐにわかった。お父様が血相を変え、焦りを露にしながら玄関に駆け寄る。

大方、屋敷の入り口で対応した使用人に殿下のことを聞いてとんできたのだろう。

お父様の後ろにはお姉様もいる。

お姉様は殿下と私が一緒にいるのを見て、目を丸くしていた。

「これはこれはシルバート殿下！　遠路はるばるお越しいただきありがとうございます」

「貴殿が当主のウィンドロール公爵か」

「はい。グランダ・ウィンドロールでございます」

お父様が丁寧に頭を下げる。

貴族相手でも太々《ふてぶて》しい態度をとることが多いお父様も、隣国の王子様相手には態度を改めるようだ。

私の前ではあまり見せない姿で、少し驚かされた。

「急に来てしまってすまないな」

「いえそんなことは……して、本日はどのようなご用件でいらしたのでしょうか」

「ん？　なんだ？　彼女から聞いていないのか？」

殿下が首をかしげる。

お父様とお姉様の視線が私に向けられ、ビクッと身体が震える。

殿下も遅れて私に視線を向けた。

「伝えていないのか？」

「いえ、お伝えしたのですが、その……」

信じてはもらえなかった。

私と殿下の婚約の話を。

「なるほどな」

殿下は私の表情から察してくれたようだ。

呆れるように肩をすくめ、二人に視線を戻す。

一週間前の話で、冗談で済まされたことだから、二人とも忘れてしまっていたのだろう。

この時やっと、二人の表情が変わり、ハッと気づいたように目を見開く。

「まさか……」

お姉様の口からぼそりと声が漏れる。

思い出したのだ。私が二人に伝えたことを。

質の悪い冗談だと一蹴した話は、紛れもなく真実しかなくて——

「なら改めて俺の、いや私の口から伝えよう。私は彼女と、アストレアと婚約することに決めた」

殿下は私を紹介するように右手を動かす。

二人は固まっていた。

驚きのあまり、信じられないという感情が全身からあふれている。

無理もない。私自身、ずっと夢のようだと思っていたのだから。

「すでに王家の許可は貰っている。両国は同意済み、あとは当主であるウィンドロール公爵の許しを貰うだけ。書類で済ませることもできたんだが……」

と言いながら、私の顔をチラッと見る。

わずかに視線が合った。

「せっかくだから、挨拶も兼ねて直接訪問させてもらうことにしたんだ」

「……」

「ウィンドロール公爵？　彼女と婚約する許しを頂けないか？」

「お、お待ちください」

お父様は慌てたように両手を前に出す。こんなにも動揺しているお父様は初めて見る。

額から汗を流し、視線が揺れる。

「突然のことで動揺しております。失礼ながら確認させていただいてもよろしいでしょうか？」

「構わないぞ。何が知りたい？」

「ありがとうございます。ではまず、アストレアと婚約なさるおつもりですか？」

「ああ、間違いないぞ」

殿下は即答した。一切の考える時間もなく、ハッキリと。

それにお父様は面食らう。

「さ、左様ですか……」

「何か問題があったかな？」

「い、いえ、問題というわけではありませんが……少々驚いております。お恥ずかしながらアストレアは、姉のヘスティアと比べても平凡でして」

「……」

殿下の前でも、お父様は平然と私とお姉様を比べた発言をする。

言い回しは優しいけど、要するに姉のほうが優秀だと言いたいのだ。

動揺しつつも少しずつ冷静さを取り戻し、お父様は一歩横へと移動して、お姉様が視界に入るように配慮する。

「いかがでしょう？　アストレアではなく、ヘスティアと婚約されるというのは？」

「初めまして、シルバート殿下。ヘスティア・ウィンドロールでございます」

彼女はお淑やかに、令嬢らしく振る舞い殿下に頭を下げる。

この時点で意図が見え透いていた。理由はわからなくとも、これをチャンスと捉えたのだろう。

お父様は私から殿下を奪おうとしていた。

「ヘスティアは優れた聖女としての素質を持っております。きっと殿下の将来にも、よりよい関係を築けるはずでございます。ヘスティアも、殿下のような方と一緒になれることを嬉しく思うでしょう」

「はい。これ以上ないほど幸せでございます」

お姉様も乗り気だった。

隣国の王子様……お姉様が求めている自分と釣り合う数少ない相手との婚約。

これを逃す手はないと思っているのがわかる。

普通の……これまでの相手なら、迷わずお姉様に乗り換えただろう。けれど、シルバート殿下は違った。

「盛り上がっているところ申し訳ないが、俺が婚約したいのはアストレアだ。君じゃない」

「え……」

ハッキリと断った。

この時、お姉様の面食らったような表情を見て、私は少しだけスカッとした。

断られるなんて微塵も思っていなかったのだろう。

自分のほうが優れていて、常に選ばれ続けてきた彼女にとって、これは由々しき事態だった。

目を疑い、耳を疑う。

「最初から俺は、アストレアとの婚約を認めてもらうためにここへきたんだ。それ以外の用件はないよ」

「え……あの……」

「お待ちください殿下。殿下は勘違いをされておられませんか？」

「勘違い？」

慌ててお父様が説得を試みる。

「確かにアストレアも聖女ですが、聖女らしい力は何も持っておりません。お恥ずかしながら、姉妹と思えないほどの格差がございます」

お父様はもはや言葉を選ばない。

ほぼハッキリと、私のほうは無能だと殿下に説明している。

ここまでくると清々しい。改めて実感する。

お父様にとって私は、愛すべき娘なんかじゃなくて、ただのお姉様にひっついていた付属品でしかないんだと。

「アストレアとの婚約など、殿下にとって何のメリットもございません。こちらのヘスティアと婚約なされたほうが殿下のためにも――」

「いい加減にしてくれないか？」

空気が変わる。殿下は初めて見せる苛立ちの表情で、冷たく鋭い言葉で一蹴する。

勢いを増すお父様の言葉が、殿下の一言で制止された。

お父様はびくりと大きく身体を震わせ、口を閉じる。

「将来自分の妻になる女性を、あまり悪く言わないでいただきたい。たとえ肉親であっても、あまりいい気分にはならないよ」

「も、申し訳ありません！」

お父様が慌てて頭を下げる。

その様子を見た殿下は呆れてため息をこぼし、視線をお姉様に向ける。

「ヘスティア・ウィンドロールだったか」

「は、はい」

「君のことはもちろん知っている。知った上で、俺はアストレアを選んだ。理由は単純だ。俺は君に、彼女以上の魅力を感じないんだよ」

「――っ」

殿下はお姉様にもハッキリと告げた。選ばれたのはお姉様ではなく、私のほうなのだと。

聞き間違いでも、勘違いでもなく、私のことを選んでくれたことを主張する。

ぐっと、心をつかまれたような感覚だ。

「すまない、少し言いすぎたよ。ただ、あの日の縁談にきたのはアストレアだった。俺は最初、ヘスティアに縁談を申し込んでいたはずだ。どうしてだろうな？　なぜ来たのは彼女だったんだ？」

「そ、それは……」

チンケな辺境貴族を相手にする時間が無駄だから。なんて言えるわけがない。

お姉様は困り果てる。

そこへお父様が助け船を出す。

「そ、その時はヘスティアは風邪を引いておりまして、外に出られなかったのです」

「風邪？」

「はい。ですから代わりにアストレアを向かわせました」

「なぜ？　それなら一報をくれれば日にちはずらせた。いくらでも対応はできたはずだぞ」

悪くない言い訳ではあった。けれど殿下には通じない。

淡々と嘘の証言を指摘し、詰め寄っていく。

「その話が事実だとしても、アストレアを向かわせたことは事実だ。あれだけこき下ろしていた彼女を……」

「――――！　こ、こき下ろしていたわけでは……」

「ないと言い切れるのか？　あれだけ堂々として、自分の娘は無能だと言っているように聞こえたぞ」

「そ、そのようなことは決して！」

お父様は否定する。

必死だ。殿下の冷たい視線と声に圧倒され、まるで悪戯がバレた子供みたいに言い訳をしている。

なんとも滑稽だと思った。

これまで私を見下し、蔑んできた人が追い込まれている。

「貴殿の言葉には説得力がまるでないな」

「も、申し訳ございません」

「謝罪がほしいわけではないよ。俺がここへきた目的はすでに伝えてあるはずだ。アストレアと婚約する許可を頂きたい」

「……」

お父様は逡巡する。

思惑、プライド、様々な感情が交錯する。しかし何を考えようとも、この場での発言は決まっていた。

これを戦いだとするならば、勝者はすでに——

「ぜひとも、よろしくお願いいたします」

殿下に決まっている。

「ありがとう、ウィンドロール公爵。この婚約は両国の関係にも大きく関わる。これからはぜひとも、仲良くしていこう」

「はい。こちらこそ……」

殿下は私に視線を向け、意味深に笑みを浮かべる。まるで、これで少しはスッキリしたか？と、聞いてくれているようだった。

私は微笑み返す。

おかげさまで、心にのし掛かっていた重りが外れたような気分だ。

「アストレア、この後時間はあるか？」

「はい。空いております」

「そうか。ウィンドロール公爵、少し二人で話がしたい。場所を貸していただけないだろうか？」

「もちろんでございます。こちらへ」

お父様に案内されて、私と殿下は屋敷の廊下を歩く。

通り過ぎる度、使用人たちが頭を下げる。私一人の時は無視して、時には舌打ちをしたり、影口が聞こえてくる。

今は殿下と一緒だから態度も違う。

本来なら、屋敷の案内も使用人に任せるところを、お父様自らがやっている。

「こちらをご利用ください」

「ありがとう」

案内されたのは賓客をお迎えする部屋だった。

私は一度も入ったことがない。中に入ると、フカフカで煌びやかなソファーがあって、華やかな装飾もされていた。

自室とは大きく違う景色に、思わず口が開いてしまう。

ガチャリと扉が閉まり、二人きりになる。

殿下がソファーの真ん中に座って、私に言う。

「君も座ったらどうだ？」

「はい」

私は対面のソファーに、殿下の正面から少し横にそれた位置に座る。

殿下と真正面から向き合うのは、なんだか気恥ずかしくて、失礼な気もしてしまったから。

そんな私を見ながら、殿下は微笑ましそうに笑みをこぼす。

「遅くなってすまなかったな。国家間の関係に影響するから、少し時間がかかってしまったんだ」

「そうだったのですね」

そうとも知らず、勝手に裏切られたと思っていた自分が恥ずかしい。

殿下と目を合わせられない。

「不安にさせてすまなかった」

「そ、そんな！　こうして殿下ご自身が来ていただけるなんて思いませんでした。とても光栄でございます」

「俺も迷ったんだがな。これが一番いいと思った。何より見ておきたかった。君がこれまで過ごしてきた環境を。正直に言えば、同情するよ」

「……」

殿下は悲しそうな視線を私に向ける。

彼は眼帯で隠した左目に触れながら続ける。

「この眼を使わなくても、あの二人の思惑は透けて見える。君のことを家族として見ていない。だから容易に悪く言えるし、利用しようとできてしまう」

「……」

「すまない。気を悪くしないでくれ」

「いえ、事実です。それは私が……一番よくわかっています」

ずっとこの屋敷で暮らしてきた。

私の立場なんて、私が嫌というほど思い知らされてきた。今さら変わることはないと、諦めていた。でも……。

「よく我慢したな」

「殿下……」

殿下と出会えた今は、少しだけ期待している。

このすさんだ日々が変わることを。灰色だった光景が、鮮やかに彩られる明日が来ることを。

「これからは我慢しなくていい。そうしなくて済む環境に、俺が変えていこう。そのために準備をしているから、もう少しだけ……待っていてくれるか？」

「――はい。待ちます、いつまでも」

何を準備しているのかなんて聞かなかった。

私はただ、殿下の言葉を信じたいと思ったから。

一度は疑ってしまった。それでも今は、二度と疑うことなんてないと強く思う。

私は、この人のことを信じよう。

この人だけを、見ていよう。

私に奇跡を起こす力はないけれど、それでも祈りたい気分だ。

他のためでもない私自身のために。

◇◇◇

二人がVIPルームで話をしている間、姉であるヘスティアは自室に駆け込んだ。

扉を乱暴に閉めて、ベッドの上にあった枕をつかみ、思いっきりベッドに投げつける。

怒りだ。あふれんばかりの怒りを、暴れることで発散しようとしていた。

「なんなのよ……なんだっていうのよ！」

彼女はプライドが高い女性だった。

常に選ばれ続け、ほしいものは何でも手に入る。

何不自由なく育ち、これから先も、選ばれ続けることを確信していた。

対照的に、妹は無能だと思っていた。

もしも自分の欠点を上げるなら、無能な妹の存在だろうと考えているほどに、彼女はアストレアを見下していたのだ。だが、そんな彼女に敗北した。

完全敗北だ。全てを理解した上で、シルバートはアストレアを婚約者に選んだ。

見え透いた考えも見抜かれ、恥をかかされた。

これほどの屈辱をかつて味わったことはない。もし目の前にアストレアがいれば、躊躇なく張り倒してしまいそうなほどに荒れている。

「なんでアストレアなの？　無能なのに、役立たずなのに……私のほうが何倍も美しいのよ？」

自信の塊だった彼女にとって、この敗北は大きい。

誰でもない。もっとも見下していたアストレアと比べられ、ハッキリと言われた。

魅力を感じないと。

その言葉は彼女の心に深々と突き刺さり。

「許さないわ……」

激しい憎悪を生み出す。

それはもはや、家族に向けていい感情ではなくて……。

「見てなさい、アストレア」

純粋な怒りと憎しみが、ヘスティアの心を黒く染め上げる。

第二章

あっという間に時間は過ぎて、殿下は屋敷を出発することになった。

私は玄関までお見送りをする。

「すまないな。もう少しゆっくり話せたらよかったんだが、この後のスケジュールが詰まっているんだ」

「いえ、遠いところからわざわざ来ていただけただけで幸せです」

「そうか」

「殿下？」

なぜか心配そうに私のことを見つめている。

首をかしげる私に、殿下は小声で言う。

「なるべく早くもう一度来る。それまで大変だろうが、なんとか我慢してくれ」

「わかりました」

「……ウィンドロール公爵、そろそろ出る。急に邪魔をして申し訳なかったな」

「いえ。殿下であればいつでも歓迎いたします」

「そうか、ありがとう。また来るが、それまでくれぐれも彼女のことをよろしく頼む」

「は、はい。かしこまりました」

最後に強めに釘を刺し、殿下は屋敷を去っていく。

私は玄関の外で、殿下を乗せた馬車が見えなくなるまで見送った。

次はいつ会えるのだろう。なるべく早くもう一度と言ってくれたけど。

次に会える日を楽しみに感じて、私は屋敷へ戻ろうと振り向く。すると、私の道を阻むようにお父様がこちらを睨んでいる。

正直ゾッとした。

今までの時間は夢で、ここから先が現実だと思わされたようで。

「アストレア」

「――！　はい」

「……一体、何をしたんだ？　シルバート殿下がなぜお前を選ぶ？　何を考えておられる？」

「それは……私にもわかりません」

嘘は言っていない。

殿下は私を選んでくれたけど、その確固たる理由は聞いていない。

「何も聞いていないのか？」

「き、聞いておりません。ただ……私を選んでいただいたとしか」

「っ、そうか」

もっと詰め寄られるかと身構えたけど、お父様はここで引き下がった。

悔しそうな表情がわずかに見える。もしかすると、さっきの殿下のお言葉が効いているのかもしれない。

私のことをくれぐれもよろしく、と。

お父様の許しを得たことで、私は殿下の婚約者になった。

国家を跨ぐ婚約は、いろいろと条件が多い。

それを全て殿下が乗り越え、自らの脚で赴き、婚約を結んだのだ。

その意味を理解できない貴族はいない。

今の私は、殿下のお力に守られている。だから下手に脅したり、乱雑に扱うことはできなくなった。


この日を境に、私のウィンドロール家での扱いは激変した。

端的に表現するなら、一人の貴族令嬢としてしっかり扱われるようになった。

朝は使用人が起こしに来てくれる。今までは一度もなかった。

着替えも用意され、頼めば使用人が全てやってくれる。これまで自分で用意し、難しいドレスの着方だって頑張って勉強していた。

食事は朝から豪華で、私が来るまでみんな待っていてくれる。まるで私なんていないかのように、いつも私を無視して食事を始め、食べ終わったら解散する。

家族の会話なんて一つもない。

それが今さら、頻繁にお父様が話しかけてくるようになった。

「アストレア、今日の予定は？」

「はい。今日はお部屋で新しいお薬の研究の続きを」

「そうか。無理をしないように」

一度もかけてもらったことのない気遣いの言葉も聞けた。

不思議とまったく嬉しくない。心からの心配じゃないことくらい、私にもわかる。

お父様の心配は、殿下に見限られないかどうかだけだろう。

廊下を歩くと使用人たちが頭を下げてくれる。誰一人、私を見下すような態度をとらなくなった。


殿下との出会いがきっかけだ。

ようやく私は、貴族の令嬢らしい暮らしを手に入れたらしい。

「どうしてかな……」

お薬の研究をしながら思う。

待遇が改善され、不自由ない暮らしが手に入っても、ちっとも嬉しく感じない。

敬われても、優越感なんてわからない。

気遣いされても、ありがたいなんて思えない。どうしたってちらつくんだ。これまでの人生が
……彼ら彼女らが、私をどんな風に見てきたのか。

ああ、そうか。

むしろ私は――

「苛立ってるんだ……」

いきなり態度を豹変されたことに、少なからず憤りを感じていた。

彼らが敬い、気遣っているのは私自身じゃない。

私の背後に殿下の存在があるからだ。

もしも殿下がいなければ、私は今も変わらず腫れ物のように扱われ、成果は全てお姉様に奪われていたに違いない。

待遇がよくなったことは喜ぶべきだ。けれど、彼らの態度はハリボテで、嘘っぱちだから。

「……窮屈」

これから先に、この屋敷で過ごすことが今までとは違った理由で億劫になる。

そう感じてしまうのは、我がままなのだろうか。

◇◇◇

殿下が訪れた翌日。私は何気なく、廊下を一人で歩いていた。

通り過ぎる使用人が頭を下げていく。

一人一人に応えたり、一々歩く速度を調整するのは面倒だった。かといって無視するのも違う気がする。無視されるのは悲しいことだ。

私は、これまで自分にされて嫌だったことを、他の誰かにしたくなかった。本当に皆、私に対する態度が変わった。ただ、一人だけ例外がいる。

「いい御身分ね」

「――お姉様」

お姉様は私の行く手を塞ぐように、堂々と立っている。私は立ち止まり、お姉様と向き合う。

「随分と偉そうにしているみたいじゃない？」

「別に偉そうになんてしていないよ」

「何よ、口答えする気？」

「――！」

お姉様は私を睨みつける。周りはみんな私に優しく丁寧になった。

お父様でさえ、私のことを気遣うようになった。けれどお姉様だけは違う。今まで通り私に強く……ううん、今まで以上に辛く当たるようになった。

「わかってる？　あなたは無能のままなのよ。聖女の癖に奇跡も起こせないでしょう？」

「……」

「何とか言いなさいよ」

「……ご、ごめんなさい」

言い返せない。

奇跡が起こせないのは事実だし、聖女としてどちらが優れているか問われたら、みんなお姉様を選ぶだろう。

私が一番よくわかっている。自分と、お姉様との差を。未だにどうして、シルバート様が私を選んでくれたのかわからない。

ただ、選ばれたという結果があるだけで、私は少し前向きに生きられる。

たとえお姉様に、どれだけ罵声を浴びせられても……。

◇◇◇

お姉様の嫌がらせは、以前からあったことだった。けれど明らかに、最近になって顕著になっている。

私の食事だけ用意されていないことがあったり、衣服がなくなっていたり、見つかったと思ったらボロボロな状態で捨てられていた。

使用人たちは私から目を逸らす。きっとお姉様に命令されて、逆らえなかったのだろう。

今まで通りなら陰口を言っていたかもしれないけど、私は殿下の婚約者になるから、報復が怖くてきつく当たることもできなくなった。

それをいいことに、お姉様は使用人を使って嫌がらせを強要している。

特に嫌だったのは……。

「……あれ？　開かない……」

ある日は、私が普段から使っている研究室の扉に鍵がかかっていて、私が持っていた鍵と別のものに交換されていた。

お父様に相談してすぐに取り換えてもらえたけど、あれもお姉様の仕業だったのだろう。

私にとって薬学の研究は、自分の存在意義を示すために一番大切なもので、心から取り組める唯一の作業だった。

それを邪魔されてしまうのは、どうしても我慢できない。

他にも陰湿な嫌がらせを多数されて、悲しさもあるけど少し呆れてしまう。

こんなにも幼稚なことしかできない姉の必死さに、少なからず同情する。こんな風に思ったのは初めてだった。

今までの私なら、全部自分が悪いのだと。怒られるのも罵られるのも、認めてもらえないのも自分が出来損ないだからだと思っていた。

今でもそう思う自分がいる。けれど、そうじゃないと言ってくれた人の声が、今の私を勇気づけてくれる。

だからきっと大丈夫だ。

今が辛くても、殿下が私を求め、信じてくれている。それだけを感じることで、私は前向きになれる。

そう心の中で言い聞かせて、廊下を歩いている私を呼び止める。

「あら？　まだ部屋から出歩けたのね」

「……」

「てっきり病んでしまったと思って心配していたのよ」

「……大丈夫です」

微塵も思っていない癖に。お姉様は屋敷で顔を合わせる度に、嫌がらせの効果を確認するように声をかけてくる。

もちろんほとんどが罵声だった。

「あれから殿下とはやり取りをしているの？」

「……していません」

「あらそうなの？　てっきり内緒で会っているのかと思ったわ。もしかして、婚約の話も殿下の気まぐれ、お遊びかもしれないわね」

「――――！」

今の私を一番不安にさせる言葉を、お姉様は知っている。私を支えているのは殿下との婚約だ。それがもしも……嘘ならば、私の今は簡単に崩れ去るだろう。

不安を感じないわけじゃない。でも、それ以上に信じたいと思えるから。

「急いでるから、もう行くね」

私はお姉様の罵声よりも、殿下からもらった言葉を信じるようにしている。

殿下は戯れで私に婚約を申し込んでくれたわけじゃない。あの眼は、声は、本心だったと思いたい。

だから、お姉様の言葉になんて屈しない。

「待ちなさいよ」

「っ……」

立ち去ろうとした私の腕を、お姉様は乱暴に握る。苛立っているのが声で、震える手に感じ取れて、少しゾッとする。

「い、痛いよお姉様」

「うるさいわね。あなたが私にふざけた態度をとるからでしょ？」

「ほ、本当に急いでるから」

私はお姉様の手を振りほどこうとした。

本当は急いでいるわけじゃない。けれど、すぐにでもこの場から立ち去りたい、お姉様から逃げたいと思ったから。

その態度が逆に、お姉様を余計苛立たせてしまった。

「私に口答えするんじゃないわよ！」

「――！」

お姉様は手を振り上げる。

叩かれる。そう思った私は恐怖で目を瞑った。

「やめなさいヘスティア！」

「「――！」」

その時、お父様の怒声が響く。

お姉様の振り上げた手は、振り下ろされることなく制止される。

廊下の反対側にお父様が立ち、私たちを見ていた。

少し呼吸が荒い。叫んだからではなく、きっと急いで駆けつけたのだろう。

使用人の誰かが、私たちがもめていることに気づき、お父様に報告したに違いない。

お姉様もそう思い、周囲を睨む。

「アストレアは行きなさい」

「は、はい」

「ヘスティア、お前は私の部屋に来るんだ」

「……はい」

不服そうに私を睨み、お姉様はお父様に連れられていく。誰かはわからないけど、報告してくれたおかげで叩かれずに済んだ。

私は使用人たちが隠れているほうへ向き、軽く頭を下げて歩き出す。

◇◇◇

あれから、お姉様は私に何もしてこない。廊下で会っても無視されるし、私から話しかけることもない。お父様が注意してくれたおかげだろうか。よかったと思うべきなのに、なぜだか胸騒ぎがする。

嵐の前の静けさのように、不気味だった。そして……。

「な、何これ……」

嵐は起こった。いつものように新薬の研究を始めようと部屋に行くと、部屋の中が荒らされていた。棚の本は破られ、素材も床に転がっている。

作成途中だった新薬のサンプルも入れ物が割れて、床にこぼれてしまっていた。

「あら？　大変みたいね」

「――お姉様」

そこへお姉様がやってくる。私は直感的に思う。

「お姉様がやったんですか？」

「酷いわね。私じゃないわよ」

「じゃあどうしてここに？」

「心配で様子を見にきたのよ。姉として普通のことでしょう？」

白々しく笑みを浮かべるお姉様に、背筋が凍る。

これまでお姉様が見せた笑顔の中で、今見せた笑顔が一番怖かった。

「証拠なんてないのに決めつけるのは最低よ」

「……」

確かに証拠なんてない。でも、お姉様以外にこんなことをする人はいない。

今はそう断言できてしまう。だって、顔に書いてある。

いい気味ね、と。

「あなたみたいな最低な人間と婚約するなんて、シルバート殿下も人を見る目がないわね」

そう言って笑いながら去っていく。

私は思い出す。しばらく耐えてくれと、殿下が別れ際に言っていたことを。

これがそうか。殿下の瞳は知っていたのかもしれない。

「殿下……」

次に会えるのはいつ？

それまで私……耐えられるのかな。

◇◇◇

その後も、お姉様の仕業らしい嫌がらせは続いた。

数少ないドレスが汚れ、破られてしまっていたり。履物に穴を開けられていたり、中に尖った石が入っていることもあった。

私ですら幼稚に思えるような嫌がらせの数々に、心も身体も疲弊していく。

その疲れは、普段の生活に大きく影響し始める。

「アストレア、今日の予定は？」

「……」

「聞いているのか？」

「――！　すみません。何でしょうか？　お父様」

いつもの朝食の風景。ぼーっとしていた私は、お父様の声を聞き逃してしまった。

以前ならお父様に苦言を呈される場面だけど、今は注意されることはない。

反対に心配される。

「疲れているようだな。今日は部屋で休みなさい」

「……はい」

「あまり根を詰めて研究しないほうがいい。部屋のほうは私が、しっかり見張りを立てておく」

「……ありがとうございます」

研究用の部屋が荒らされた一件は、当然お父様の耳にも入っている。

誰が犯人なのかは未だにわかっていないけど。

お父様の視線はわずかにお姉様に向いていた。

さすがのお父様もわかっているだろう。

いつもならお姉様に全面的な協力を態度で示すお父様も、今回のことは私を庇うように警備の者を配置してくれるようになった。

お姉様は食事をとりながらクスクスと小さく笑っている。

その笑顔は、私にはとても不気味で、怖かった。

「ご馳走様でした」

私は一足早く朝食を食べ終わり、逃げるようにして部屋を出ていく。

◇◇◇

アストレアが去り、二人になった食堂。簡素に食器と食具が当たる音と、パクパク食べる音が聞こえる。

次に食べ終わったのはヘスティアだった。

「ご馳走様でした。私も先に失礼しますわ」

「待て、ヘスティア」

立ち上がり去ろうとする彼女を当主は引き留める。

ヘスティアは振り返る。

「何ですか？　お父様」

「……今日はどうするつもりだ？」

「お父様もご存じでしょう。本日も教会でお祈りを捧げます。私は聖女としての役割があって忙しいのですよ」

「わかっている。私が聞きたいのは……」

当主は理解している。

これまでアストレアの周辺で起こっていることは、全てヘスティアの仕業だということを。

彼だけではない。

屋敷で働く者たちの多くが、その現場を目撃していた。けれど声をかけたり、注意などできない。アストレアが隣国の王子と接点を持とうと、ヘスティアには聖女というゆるぎない立場があるから。そしてそれは、父である当主も例外ではなかった。

「何かありましたか？　お父様」

「……いや、何でもない。無理はしないように」

「はい。ありがとうございます」

「……」

ニコリと微笑むヘスティア。父である彼も、ヘスティアに強く当たることはできない。

なぜなら、彼女の聖女としての立場があったからこそ、ウィンドロール家は大きくなった。

ウィンドロール家を実質支えているのは、ヘスティアの存在である。故に、当主である父にそこまでの影響力はない。

ヘスティアが離れてしまえば、何も残らないことを理解していた。

「……アストレアの部屋を荒らした犯人はまだわかっていない。ヘスティアも、不審な者がいないか注意するように」

「はい。大変なことですね。まさかこの屋敷にそんな怖い人がいるなんて」

ヘスティアは白々しく心配したような顔をする。

使用人からの報告で証拠も揃っている。元より、この屋敷で大胆に部屋へ侵入して荒らすなど、やれる者は彼女以外にありえない。

姉妹の関係性は最悪だ。故に両方を選ぶことはできず、その選択は二つとも失うことに等しい。

悩み苦しむ。こうしてウィンドロール公爵の苦悩は始まった。

◇◇◇

朝食を済ませた私は、勢いよく部屋に戻り、ベッドに倒れ込む。

はしたない格好だと自分でも理解している。けれど、力が抜けてしまった。

「はぁ……」

盛大にため息をこぼす。落ち着く。この部屋の中だけが、私が唯一安心できる場所になっていた。部屋の外は恐ろしい。いつ、どこで、何をされているかわからない。

周囲や私の目を盗み、私が困る仕掛けをして、お姉様はニヤニヤと笑みを浮かべている。

最近は徐々にエスカレートしていっている。履物の中に尖った石が入っていた時は、気づかず履いて足を切ってしまった。

数少ないドレスも、お姉様に破られ捨てなくてはならない。

研究も、お姉様の妨害でまったく進んでいなかった。

せっかく九本目の新しい薬品が完成しそうなところだったのに、素材や途中経過の試作品も台無しにされてしまったから。

「……あんなことして楽しいの？」

陰湿だし、陰険だ。

自分の姉だけど、最低だと今は思う。

「私が何をしたっていうの？」

お姉様に対して何かしたことなんてない。

シルバート殿下との婚約だって、元はお姉様が行きたくないから、代わりに私が参加した。

その結果が、殿下との婚約に繋がっている。だから気に入らなかったの？

殿下が煽ったから余計に、お姉様のプライドを傷つけたのかもしれない。

そうだとしても、殿下を責める気にはまったくなれなかった。だって殿下は、私のことで怒ってくれたのだから。

「殿下……」

あれから一週間が経過した。

言われた通り、毎日なんとか耐えている。

殿下がもう一度会いに来てくれる。

その日を信じて待ち続ける。

殿下は私にそう言ってくれた。我慢しすぎるなと。

「ありがとうございます。殿下」

その言葉だけで、私は勇気を貰える。

単なる同情でしかないのかもしれないけど、それで十分だった。

私はずっと一人だったから。

誰かに心配されたり、憐れまれることすらなかった私にとって、殿下が私に向けてくれる言葉全てが心に響く。

「……」

たとえ偽りでも、私のことを考えてくれているなら、それだけで満足だった。

もう少しだけ眠ろう。私はゆっくりと目を瞑り、瞼の裏を見ながら思い描く。

殿下と交わした言葉を、彼の表情を。次に会えた時の感動を夢見て。

◇◇◇

「……もう、朝……」

使用人に起こされるよりも早く、私は目覚めた。ベッドから起き上がり、用意された服を手に取る。

今なら使用人にお願いできるけど、これまでの癖で自分で着替えを始める。

今日は少し、身体が重い。殿下と別れてから十日が過ぎた。今も変わらず、お姉様からの嫌がらせは続いている。

最近は小言も増えた。顔を合わす度に、同じセリフを口にする。

それがとても嫌だった。

「おはようございます、アストレア様」

「おはよう」

「どちらへ向かわれますか？」

「朝食に」

「かしこまりました。お供いたします」

部屋の外での移動は、常に使用人が同行するようになった。お姉様の嫌がらせがこれ以上酷くならぬよう、お父様が用意してくれたらしい。

ありがたいと思うべきだけど、私にとっては窮屈で仕方がなかった。自室以外、どこへ行くにも他人の目がある。片時も気が休まる瞬間がない。朝食の時間もそうだ。

「今日も来てくださいませんでしたね？　シルバート殿下は」

「……」

「気が変わってしまったのではありませんか？　やっぱりアストレアとの婚約なんてする価値がありませんもの」

お姉様の煽りを聞き続ける。

私は聞こえないフリをして、少しでも早く朝食を食べ終わろうと手を動かす。その間もお姉様は止まらない。

「そのうち使いの者がやってきて、婚約を破棄したいと言われてしまいそうで、私は心配だわ。泣いてしまうでしょう？　アストレア」

「……」

「黙っちゃって。図星だから言い返せないんでしょう？　本当はわかっているはずよ。自分が選ばれるなんておかしいって」

「……」

今まで二人きりの時しか見せなかった悪い顔を、お父様の前でも見せるようになった。

お父様は見て見ぬフリだ。私はやっと朝食を食べ終わり、立ち上がる。

「ご馳走様でした」

私は逃げ出す。

この空間に一秒でも長くとどまりたくなかった。

「また待つのかしら？　嘘つきな王子様のこと」

「――！」

部屋の扉に手をかけたところで、私は立ち止まり振り返る。

私のことはいくら馬鹿にしてくれてもいい。そんなのは慣れているから。でも……。

「殿下は嘘つきじゃない」

殿下のことを悪く言われるのは許せなかった。

たとえお姉様でも。ギロッとお姉様は私を睨む。私は彼女の視線に背を向けて、部屋を出た。

今日も一日、彼女の嫌がらせを耐える覚悟をして。

最近は自室に道具を持ち込み、新薬の研究をすることにした。

入り口は使用人の方が守ってくれている。さすがのお姉様も、あからさまに他人の目がある場面で何かを仕掛けたりはしない。

唯一安心できるこの場所で、少しでも気を紛らわせる。

新薬の研究をしている時は集中できて、嫌なこともわずかに考えなくなる。

それだけじゃない。殿下との婚約をきっかけに、私への対応は変わった。だから、これから発明する新薬はちゃんと私の功績として発表されるはずだ。

そうなれば、お姉様じゃなくて私にも誇れるものができる。

殿下の婚約者として恥じないように、私にも自慢できる何かがあると示したかった。

「凄いな……本当に」

身体が勝手に動くようだ。殿下のために、そう思うと不思議と勇気が湧いてくる。

私のことを唯一認めてくれた人。彼に恥をかいてほしくない。

私を選んだことを、間違いだと思わせたくない。その一心で、それだけで頑張れる。たとえあと何日、何週間待つことになろうとも。私は殿下を疑わない。

殿下はもう一度会いに来ると言ってくれた。その言葉を信じて、私は今日も――

「――！」

今、かすかに音がした。

窓は気分をよくするために開いている。心地いい風と共に、馬が地面を蹴り、車輪が石に当たって揺れる音がした。私は窓の外を見る。

そして――一人走り出し、部屋を抜け出す。

「アストレア様!?」

慌てて使用人も追いかけてくる。私はそんなことに構うことなく玄関へと向かった。

廊下でお姉様とすれ違う。

「あらアストレア、廊下を走るなんてはしたな――」

無視をした。というより、お姉様の反応なんてどうでもよかった。

この後もっと嫌がらせが酷くなるかもとか。そういう後ろ向きなことは一切考えない。今はただ、一秒でも早く会いたかった。

私は玄関にたどり着き、扉をノックされる前にこちらから開ける。

「殿下」

「――! アストレア」

扉の前にはシルバート殿下の姿があった。

安心して、肩の力が抜ける。窓からベスティリア王国の紋章が入った馬車が見えて、居ても立っても居られなくて。気づけば呼吸を乱しながら、殿下を出迎えていた。

「驚いたな。出迎えにきてくれたのか?」

「は、はい。御迷惑、でしたか？」

「そんなことあるわけないだろ。嬉しいよ、ちゃんと」

よかった。何も考えずに飛び出して、殿下の驚く表情を見て冷静になった。

とても失礼なことをしてしまったと。けれど殿下は気にする様子などなく、優しく微笑んでくれた。

「また待たせてしまってすまなかったな。大変だっただろ？」

「いえ、そんな……」

大変でした、とは言い難い。

私は言葉を濁らせる。すると殿下は、少し呆れたような表情で言う。

「我慢しすぎるなと言ってあっただろう？　大変なことくらい俺もわかっていたことだ。誤魔化さなくてもいい。俺に嘘は通じないぞ？」

トントンと、眼帯越しに左目を叩く。彼にはどこまで見えているのだろうか。

そこへ遅れて、お父様とお姉様もやってくる。

「シルバート殿下、ようこそお越しくださいました。心より歓迎いたします」

「ああ、ありがとうウィンドロール公爵」

殿下はお姉様に視線を向ける。お姉様はバツが悪そうに目を背けた。

私にはお姉様が何を考えているのかなんとなくわかる。

きっと、心の中で舌打ちをしているはずだ。殿下が来なければ、もっと私に嫌がらせを続けられたのに……と。お姉様は小さく笑う。殿下が再び去った後のことでも考えているのだろうか。

次は私に、どんな嫌がらせをしようか。私が泣いて謝るまで、彼女は止めたりしない。

この屋敷はもはや、彼女を女王とするお城みたいなものだから。考えるだけでゾッとする。

「大丈夫だ。もう我慢の心配はない」

「え？」

不安に身体を震わせる私の背中を、殿下が優しく支えてくれた。

目と目が合い、ニコリと微笑む。殿下はお父様に視線を向けて、改まって言う。

「ウィンドロール公爵、先に送った公文は読んでくれたか？」

「はい。理解いたしました」

「そうか。ならば話が早い。あとは本人の意思次第だ」

「殿下？」

二人は何の話をしているのだろう。キョトンと首をかしげる私に、お父様と殿下の視線が集まる。私が知らないところで、二人は連絡を取り合っていた？

何のために？

少しだけ、不安が過る。お姉様に何度も煽られた言葉が脳裏に……。

「アストレア、俺と一緒に暮らさないか？」

「――え」

しかし不安は、一瞬にして消え去った。

思わぬ一言に驚き、私は口を開けたまま固まる。

「嫌だったか？」

「——ち、違います！　突然のことで驚いていて、一緒にというのは？」

「もちろん、俺の国に来てほしいという意味だ。もう王国と、君の御父上に了承は貰っているんだよ」

「そうだったのですか」

私はお父様に視線を向ける。お父様は小さく頷く。二人のやり取りは、この話のための根回しだったようだ。

お姉様はまったく知らなかったらしい。その証拠に、酷く驚きお父様を睨んでいる。

「どういうことですか？　私は聞いていません」

「殿下とアストレアのことだ。お前に伝える必要はないと判断した。殿下からもそう言われている」

「……」

不服そうにするお姉様だけど、殿下には何も言えず口を閉じる。

殿下は右手を差し出す。

「どうだ？　アストレア」

「……いいのですか？」

「君次第だと言っただろう？　俺はそのつもりで迎えにきたんだよ。なぁ、アストレア、君はここにいて幸せか？」

「……それは――」

以前にも似たような質問をされたことを思い出す。

私は今、幸せかどうか。その質問に、私は首を横に振った。今回も同じだ。だから私は、殿下の手を取ることを迷わない。

「一緒に行かせてください。殿下の国へ」

「ああ。とびきりの幸せを感じられるように、俺が手を引こう」

ぎゅっと、殿下が私の手を握ってくれる。

その手は大きく、強く、温かい。

第三章

奇跡は誰にだって起こる。

聖女の力なんてなくても、祈りが届かなくても。普通に生きていれば、小さな幸福が巡ってくるように。ずっと耐え続けた先にようやく、私の人生に光が差し込んできた。

「もうすぐ着くぞ」

「はい」

揺れる馬車が走る。私と殿下は同じ馬車の席に座り、お互いの顔がよく見える距離にいる。

毅然とした態度でいつも通りにしている殿下の前で、私は少しだけ自分の挙動不審を自覚する。

窓の外を見たり、殿下の顔を見たり。それを繰り返しては目を逸らす。

「そんなに緊張しているのか？」

「は、はい。国の外に出るなんて初めてで、それがまさかこんな形でやってくるとは思っていませんでした」

「ずっと屋敷にいたのか？」

「外に出ても、あまりいいことがありませんでしたから」

私は悪い意味で有名だった。いい意味で有名だった姉がいたせいで、余計に比較されている。

不出来な妹。聖女の癖に祈りも届かない。神様に見放された可哀想な女……とか。

いろんな噂が飛び交って、私のことを知る人たちは、冷たい目で私を見る。

それが嫌で、お父様から命令されて出席するパーティーや、お姉様の代わりに参加するお見合い以外で外出することはめったになかった。

心のどこかで諦めていたんだ。私はこの先一生、屋敷の一室で過ごし、寂しく消えていくのだと。そういう運命しかないと。だから嬉しい。

こうして外の世界に、前向きな気持ちで旅立つことができて。

窓の外を覗き込む。自然の中に作られた街道を走っている。

まだ王都までは少しある。馬車が進む方向を見ると、小さく街らしきものが見えた。

ベスティリア王国。私が生まれた国の東側に隣接する大国で、古くから同盟関係にある友好国の一つ。かつて国々が領土を争って戦争が起きた時も、この二国だけは常に対立することはなく、最初から共に国を支え守ることを誓い合った。

そうして長い歴史の中で、立地だけではなく心でも隣に立ち、互いの国の発展に貢献し続けている。噂では王族同士の親交も厚く、互いに友人のような関係だとか。

今回の国を跨いだ婚約も、両国の繋がりがあったからこそ、ここまで早く話が進んだに違いない。

「殿下」

「何だ？」

「改めて、ありがとうございます」

「それは何に対する感謝だ？」

「いろいろなことに対して、です」

私の苦しみに気づき、手を差し伸べてくれた。殿下自身に目的があったのかはわからない。それでも私を必要としてくれた。

殿下との婚約があったから、私に対する周囲の反応は変化した。変わらず、酷くなった人もいたけど。

地獄のような日々から、彼の手が救い上げてくれたことに間違いはない。だから感謝しか感じない。

殿下は私にとっての救世主のようだった。

「私にできることでしたら何でもおっしゃってください」

「何でも？」

「はい。殿下のお役に立ちたいんです」

「そうか……なら、イケない要求でも構わないのか？」

「へ――」

殿下は私の頬に手を触れ、そのお顔をぐっと近づけた。互いに呼吸音が聞こえる。もう少し近づけば、唇が触れ合うほどの近く。まさかこのまま――

「ふっ、冗談だ」

「で、殿下？」

殿下の顔がすっと離れてしまう。

触れていた手も一緒に。殿下は悪戯な笑顔を見せながら、私に忠告する。

「女性が男性に、何でもなどと言うべきじゃないぞ？　男は皆、内心は獣と同じだからな」

「す、すみませんでした」

「謝らなくていい。ただからかってみただけだ。悪かったな」

「い、いえ……」

どうやらからかわれていたらしい。

からかわれるのも慣れているし、いつもなら嫌な気分になる。けれど不思議だ。

殿下にからかわれるのは、なんだか嬉しく感じる。

それに、少し残念だった。今でもまだ、ドキドキと胸が激しく鼓動を打っている。あともう少し近づけば唇に触れていた。

何かの拍子に馬車が揺れて、とか、偶然で触れ合っていたかもしれない。

私は不相応にも期待していたらしい。殿下と、そういうことをする光景を。

「それにしても、思った以上に初心《うぶ》な反応をするんだな」

「え、そ、そうでしたか？」

「ああ、顔を赤くして可愛らしかったよ」

「かわっ、あ、ありがとうございます」

可愛らしいなんて生まれて初めて言われた気がする。

私が自分の顔が赤くなったことを自覚する。恥ずかしくて目を逸らす。

「これまで男性と接したことはなかったのか？」

「その……何度か婚約をさせていただいたことはあります。ただあまり長続きしなくて、言葉を交わす程度でした」

彼らの目的は見え透いていた。私ではなく、私の背後にいるお姉様やウィンドロール家に取り入ること。それ以外に考えていない。故に、愛はなかった。

貴族同士、愛のない結婚は多くあるだろう。だとしてもせめて、思いやる気持ちくらいは持っていてほしかった。

彼らにはそれすらない。だから簡単に、私のことを捨てられる。

「そうか。ならこうして、手を触れ合うのも俺が初めてか？」

彼はおもむろに、私の手を握る。

「……はい」

胸が高鳴る。ただ手と手が触れ合っているだけなのに。どうしようもなくドキドキする。

殿下には伝わるだろうか？

そして殿下は……どう思っているのだろうか。

「悪くないな」

殿下はぼそりと呟く。ほんの少しでもいいから、殿下も嬉しいと感じてくれたら……。

それだけで、私は幸せだ。

◇◇◇

馬車をさらに走らせ二時間弱。窓から見える風景も変わり出し、街並みが近づく。

広大な自然に囲まれ、円形に切り開かれた土地に、ベスティリア王国の王都はある。

「到着したぞ。ここが王都だ」

私たちを乗せた馬車はついに王都の街へと入る。

石畳みを綺麗に並べた道は、外の街道と違って揺れも少なく快適だった。

王都の大門を抜け、商店街を通り、住宅地を抜ける。王族が乗っていると知られれば大騒ぎになるから、ここから先は窓のカーテンを閉める。私はソワソワしていた。王都の光景を見たくて。

それに気づいた殿下が、微笑ましく笑って言う。

「少しなら見てもいいぞ」

「あ、ありがとうございます」

私はお言葉に甘えて、カーテンの隙間から外を見る。大勢の人々が行き交い、まるでパレードのように賑わっていた。あまり屋敷から外に出ない私にとって、こうして街の中を進むだけでも新鮮だ。

故郷の王都とどう違うのかがわからないのは、ちょっぴり情けない。

これからは少しずつ、外の世界にも繰り出そう。殿下が許してくれるなら、いろんな景色を見てみたい。今はそう思う。

そうして進み、徐々に人通りの少ない道に入る。

貴族たちが多く居を構えている地域に入ると、街並みの景色もガラッと変わる。

大きな屋敷が、相応の間隔を保って建っていた。ここまでくると、私が暮らしていた屋敷の周辺に似ている。

ウィンドロール家の屋敷も王都の中にあり、俗に言う貴族街と呼ばれるエリアに位置していた。貴族の中でも地位が高く、政治に影響力を持つ貴族たちは、基本的に王都の王城に近いエリアを生活の拠点にしている。

おそらくそれは万国共通。古くから交流の深い両国は特に、この辺りの造りは似ている。貴族の区域も抜けると、いよいよ馬車は王国の象徴へとたどり着く。

馬車が停まる。

「シルバート殿下、アストレア様、到着いたしました」

「ありがとう。長旅で疲れただろう？　十分な休暇を取ってくれ」

「はい。お気遣いありがとうございます」

殿下は御者に労いの言葉をかけ、一人先に馬車を降りる。そして振り返り、私に手を差し出す。

「さぁ、アストレアも」

「はい」

まるでお姫様の気分だ。私は差し出された殿下の手に触れ、そのまま優しく導かれて馬車を降りる。殿下の立ち振る舞いは一つ一つが洗練されていて、高貴な立場の者であることを強く感じる。私はちょっぴり圧倒されながらも、殿下の隣に立つ。

「ここからは歩いて行く。ついてきてくれ」

「はい」

そう言って歩き出す殿下の後に続く。王城の中に入るのかと思ったら、殿下はさっそく道を逸れていった。気になった私は歩きながら殿下に尋ねる。

「どちらに向かわれているのですか？」

「俺が普段生活している場所だよ」

「え？　王城の中ではないのですか？」

「今はね。小さい頃は王城の中に部屋があったんだけど、いろいろあって今は違うんだ」

殿下は語りながら進む。私の歩幅に合わせるように、ゆっくり目の速度で。

いろいろあって、という部分が気になった。

王族といえば王城。王城は王族が住まう場所であり、職務をこなす場所は宮廷と分けたり、敷地内に騎士団の隊舎があったりする。

少なくとも私が知る王城はそうだった。

一応、私も聖女だったから、数回王城に入ったことはあって記憶に残っている。

広くて、大きくて、息苦しかった。

「ここだ」

「……お屋敷、ですか？」

「ああ、俺専用のな」

たどり着いたのは王城でも宮廷でもなく、少し小さ目な屋敷だった。

ウィンドロール家の屋敷よりも少し小さい。屋敷としては十分大きいほうなのだろうけど、隣に大きなお城があるから余計小さく見える。

殿下に連れられ中へと入る。すると、メイドの女性が出迎えてくれた。

「お帰りなさいませ、殿下」

「ああ、ただいま。お願いした部屋の用意はできているか？」

「済んでおります」

「ありがとう。アストレア、君の部屋に案内するよ」

お屋敷は二階建てだった。階段で二階に上がり、二つほど部屋を通り越して、一室にたどり着く。

殿下が先に扉を開けると、中は広い寝室だった。

「ここを自由に使ってくれて構わない。必要なものは大方揃えているが、足りなければ遠慮なく言ってくれ」

「ありがとうございます。こんなにも広い部屋を頂けて嬉しいです」

「そうか？　普通の部屋だぞ」

「私がいた部屋よりずっと広いですよ」

ウィンドロール家で私が生活していた部屋の倍はある。

研究室を合わせてようやく一緒くらいか。お姉様の部屋はそれよりずっと広くて、私との格差を象徴しているようだった。殿下は切なげな表情で続ける。

「本当に自由に使ってくれ。隣が俺の寝室だから、もし何かあれば訪ねてくれてもいい」

「はい」

お隣が殿下の寝室なのか。それを聞けて安心した。

困った時、寂しい時でも、隣に殿下がいてくれるという安心感が確保されて。

「外で待ってるから、荷物を置いてくるといい」

「わかりました」

部屋に入り、屋敷から持ってきた荷物を置く。

荷物といってもカバン一つ。大した用意もしていない。

ドレスとか服は、お姉様の嫌がらせでほとんどダメにしてしまったから。大事なものは研究に使っていた資料や、壊されずに残った道具だけ。

これだけあれば十分だ。私は広い部屋の中心で、大きく深呼吸をする。

「ここが今日から私の……」

生活する場所。私には勿体ないくらい素敵な部屋だ。

ただ、ふと疑問に思う。殿下はどうして、王城ではなくこの屋敷で生活しているのか。いろいろあって……その言葉に込められた過去を知りたい。

願わくは、もっと殿下のことを……。

そう思いながら、私は扉を開けて外に出る。

「お待たせしました、殿下」

「もういいのか？」

「はい。荷物は置いてきました」

「そうか。なら屋敷の中を案内しよう」

「はい！　お願いします」

殿下が歩き出す。その少し後ろを歩き、彼の横顔を見る。聞きたいことはたくさんある。本当は今すぐ質問したいけど、迷惑だろうと思ってぐっと堪える。

「一階にキッチンや食堂、浴場はある。食事は専属のシェフが決まった時間に用意してくれる。好き嫌いがあれば先に言っておくと喜ばれるぞ」

「はい。特に好き嫌いはありませんので平気です」

「いいな。俺は野菜が苦手だから減らしてもらっている」

「そうなんですか？」

意外だと思った。ただの雰囲気だけど、殿下も好き嫌いとかなさそうだと思ってたから。

野菜が苦手なのか。なんだか子供みたいでちょっぴり可愛い。

「今子供みたいって思っただろ？」

「――――！　す、すみません」

「別にいい。事実その通りだし自覚してる。なんとか克服しようと頑張ってはいるんだけどな……なかなか苦いのは口に合わない」

殿下はあからさまに嫌そうな顔で舌を出す。

よほど苦手なのだろう。ちゃんと克服しようという姿勢には、殿下の真面目さを感じる。

それにしても、今の一瞬で心まで見えてしまうのだろうか。

彼の眼は閉じていても、どこまで見えているのかが気になって、眼帯で隠れている左目に視線を向ける。すると、殿下がその視線に気づいた。

「別に見えているわけじゃないぞ?」

「そ、そうなのですか? でもさっき……」

「さっきのは勘だ。そう思ったんじゃないかと、表情を見て感じただけだよ」

「勘……」

「気づいてないかもしれないけど、君は結構顔に出るぞ」

「え?」

そうだったの?

初めて言われて、思わず両手で自分の顔に触れる。すると彼は笑いながら、そういうところもわかりやすいぞ、と口にした。

「君は反応が一々可愛らしいな。わざとじゃないところが特に」

「——!」

照れてしまう。殿下は容易に会話の中で可愛いと言ってくれる。お世辞だとしても嬉しかった。恥ずかしくて目を逸らしてしまうくらいに。

それから殿下に案内され、屋敷の中を一通り回った。殿下は普段、二階の執務室で仕事をしているらしい。

外出することも多く、二日に一度くらいのペースで不在の時があるとか。

王子様の日々は多忙だ。貴族たちの会合や、管轄の領地の視察、王国内で起こっている問題の解決、社交場への参加。やることがたくさんあって、私ならパニックになりそうだ。

「一通り案内したけど、大丈夫そうか？」

「はい。頑張って覚えます」

「そうか」

殿下が窓の外を見る。いつの間にか時間が過ぎて、西の空に夕日が沈んでいた。見ている間に完全に沈み、すっかり暗くなる。

「そろそろ夕食にしようか」

「はい」

食堂に行き、シェフの方にも挨拶を済ませる。

殿下がシェフに、今夜はいつも以上に豪勢な夕食を、とお願いしているのが聞こえた。

私が初めてこの地に訪れた日だから。そう考えてくれているのだとしたら、特別嬉しくなってしまう。食事が運ばれるまで、私たちは長いテーブルに腰かけて待つ。対面するように座り、談笑しながら待っていると、期待通り豪勢な夕食が運ばれてきた。

「美味しそう」

「うちのシェフは超一流だからな。見た目だけじゃなくて味も最高だぞ」

殿下の自慢通り、味も最高に美味しかった。

国が違うと少し味付けも変わっていて、一口目はほんの少し違和感があった。けれど食べ進めると慣れてきて、気づけば病みつきになる。

いくらでも食べられそうだけど、あっという間にお腹がもう限界ですと訴え始めた。

「ご馳走様でした」

「もういいのか？　遠慮しなくていいんだぞ？」

「お腹がいっぱいになってしまいました。普段からそんなに多く食べていないので、これで十分です」

「そうか？　アストレアは細すぎてちょっと心配になるな」

「そう、でしょうか」

「ああ。ちゃんと栄養のある物をしっかり食べて、健康を維持しないとな。まぁ野菜が苦手な俺が言っても説得力ないけど」

「ふふっ、いえ、ありがとうございます」

小食なのにも理由はある。今まで遠慮したり、食事の場が好きじゃなかったからだ。

ここではその心配はない。これから毎日、殿下と楽しく食事ができる。

楽しいと美味しいは繋がって、食事は余計に美味しく感じるかもしれない。

「この後は浴場も好きに使ってくれていい。メイドに話は通してある。今日はもうゆっくり休むといい。長旅で疲れただろ？」

「はい。そうします」

こうして楽しい食事の時間は終わった。これからは食事の時間が楽しみだ。

◇◇◇

夜になり、屋敷の中は静けさに包まれる。明かりも消して、私はベッドで布団の中に潜る。

目を閉じてじっと呼吸音を聞く。

「……眠れない」

なんだか目が冴えてしまって一向に眠気が来ない。

長旅の疲れは確かに感じていて、お風呂上りは眠気が押し寄せてきたのに。

いざ布団に入ると、パッチリ意識が覚醒してしまった。慣れない布団、環境だからだろうか。今日までの出来事を思い出し、考える度に頭が冴え渡る。

「散歩でもしようかな」

このままじっと待っていても眠れない。

そう考えた私は、ゆっくりとベッドから起き上がる。

外は暗く、皆が寝静まっている時間だ。

殿下にはこの屋敷の周辺なら自由に行き来しても構わないと許しを貰っている。

なるべく静かに、皆を起こさないように私は部屋を出た。

廊下は長く、誰もいないせいで少し不気味だった。私は覚えたての記憶を頼りに、玄関までたどり着き、外へ出る。

遠くへ行くつもりはない。中庭に白いテラスが部屋から見えた。向かっているのはそこだ。すぐにたどり着き、白い椅子に腰を下ろす。

「風が気持ちいい」

夜風はほどよく冷たくて、目を瞑るとほどよく眠気が来る。

ここなら眠れそう。なんてことを思っていたら、後ろから声をかけられる。

「殿下！」

「こんな場所で寝たら風邪を引いてしまうぞ」

ビックリして私は目を開け、椅子から飛び上がる。それに殿下も驚きたじろぐ。

「そ、そこまで驚かれるとは予想外だったな」

「す、すみません！　勝手に抜け出してしまって」

「いやいいよ。ここは屋敷の敷地内だ。自由にしてくれていいと言ったのは俺だからな」

そう言いながら殿下は反対側の椅子に腰かける。私も改めて椅子に座り、殿下と向かい合う。

「眠れなかったんだろ？」

「はい」

「だと思った。初めての場所で緊張すると、疲れていても眠れないことはあるよな」

「殿下もそういうことがあるんですか？」

もちろん、と殿下は頷く。どうやら私が部屋から出ていくのが、音が聞こえてわかったらしい。殿下も起きていたから、気になって後をつけてきたそうだ。

「もう少し配慮すべきだったな。緊張がほぐれる方法はたくさんあったのに」

「いえ、十分でした。これ以上よくしていただくなんて、かえって申し訳なくて……」

「そんな風に考えなくていい。ここはもう君の家なんだ」

「私の……」

ウィンドロール家、私の生まれた場所ですら、自分の居場所だとは思わなかった。

あの場所は私にとって、広い牢獄のようなもので。

くつろげる時間は限られていた。いつでも帰りたい。そう思える場所が我が家だとすれば、私には帰る家がない。ここがそうなってくれるのだろうか。

「今のうちに聞きたいことがあったら聞いてもいいぞ」

「え？」

「眠れない理由は緊張だけじゃなくて、疑問に感じたことがあるからじゃないか？」

「それは……」

図星だった。考え事が頭に浮かぶと、余計に眠れなくなる。私はこの屋敷に、ある違和感を覚えていた。ただ、聞いてもいいのか迷っていた。

　そんな私に、殿下の視線が訴えかけてくる。構わない、と。

「どうして……殿下はこの屋敷で生活されているのですか？」

　私は勇気を出して尋ねてみた。すると殿下は優しく微笑み。

「やっと聞いてくれたな」

　と呟いた。殿下は待っていてくれたらしい。私が疑問を口にするのを。

「アストレアはこの屋敷がどう見えた？」

「広くて、素敵な屋敷だと思います」

「ありがとう。でも、こう思ったんじゃないか？　広さに対して人が少ない」

「……はい」

　屋敷を案内してもらっている中で、密かに疑問に思っていた。

　使用人の数が極端に少ない。メイドや執事が、屋敷を歩いていても数名しかすれ違わなかった。

　この広さの屋敷に対して、しかも王族が住まうのならば不自然すぎる。

「必要ないんだよ。ここに住んでいるのは俺一人だからな」

「一人で……いつからですか？」

「十歳の頃からだ。父上たちは変わらず王城で生活している。先に言っておくけど、別に仲が悪くて逃げたわけじゃないからな？」

「は、はい。疑っておりません」

ちょっぴり嘘をつく。もしかして、自分と同じなのかと思ってしまった。聡明な殿下は気づいているだろう。突っ込まないのは殿下の優しさだと思おう。

「家族の仲は今も悪くない。ただ、二人とも王国のことを第一に考えている。常に、どうすれば王国の発展に繋がるか。そのためならあらゆる手段を惜しまない」

語りながら左目の眼帯に触れる。なんとなく、この時点で察する。

「二人にとってこの眼は特別だ。有効に使いたいと思うし、その理屈は理解できる。それでも家族としての愛情も向けてくれるから我慢できた。でもダメだ。それ以外の人間は違う。あの場所は……よくない感情が渦巻いている」

「殿下……」

「貴族っていうのは少なからず野心家が多い。俺を見る目の奥に隠れた真実、感情がわかってしまう。だから怖くなったんだ。見えすぎてしまう眼で、彼らの奥を見たくなかった」

そうして、殿下は一人で生活する道を選んだ。他人と距離を置き、今以上に人間を嫌いにならないように。

「俺は他人と関わる度に、人間のことが嫌いになりそうだった。子供の頃は特にそれが強くて、誰とも関わりたくないとすら思った」

「……」

話を聞きながら泣きそうになる。

なんて切なく、悲しい過去なのだろう。殿下は私なんかよりもずっと辛い思いを経験している。

それなのに、私みたいな出来損ないな妹を気遣って、こうして助けてくれた。

私は殿下に、何をあげられるだろうか。

「今は大人になって、折り合いもつけられた。直接見なければ深くはわからない。せいぜい感情が読み取れるくらいだからな」

「それだけでも十分に大変ではありませんか」

「慣れるんだよ。ずっとこうだからな」

「それでも……」

やっぱり辛い思いをたくさんする。他人よりも多く、意味ある立場だからこそ余計に。

聖女であるお姉様に取り入ろうとする人々は多かった。彼らはお姉様に近づくために、私を利用していた。

特別な力なんてなくても、見え透いてしまう彼らの魂胆に、私は嫌気がさしていた。

殿下の場合はそれを、何倍にも濃くして体験していたのだろう。より鮮明に、明確に下心が見えてしまう。

端から見れば便利な力のように思えるけど、本人はきっと便利だなんて思わない。

「……本当に私でよかったのですか?」

「急にどうしたんだ?」

「だって、私は出来損ないの妹です。私と婚約すれば、きっと周りの人たちは疑問に思います。よくないことだって思うかもしれません」

殿下は頭が悪くなってしまったのか。

耄碌《もうろく》されてしまったのか。この国の未来を心配するような声だって上がるかもしれない。

私は姉と違い、何もできない聖女だから。

唐突に不安になった。私と婚約することで、殿下に不幸が訪れるのではないかと。

「言っただろ？　俺は君がいいんだ」

そんな不安を押しのけるように、殿下は手を伸ばし、私の頬に触れる。

「地位や名誉にこだわらない。君なら弱い立場の人間の気持ちも、苦しむ人たちの苦労もわかるだろう？　俺はそういう人間と一緒にいたい。心の優しい人間といると、こっちも穏やかになる」

「殿下……」

「俺のほうこそ、君には謝らないといけない」

「え？」

殿下は申し訳なさそうに続ける。

「俺は、自分の力を政治に利用されたくない。だから君と婚約した。他国の人間と、あえて父上や兄上が選んだ相手ではない君と。俺は君を利用したようなものだ」

「そんなこと、気にしないでください」

「アストレア？」

殿下が頬に触れる手に、私はそっと手を被せる。

一つ、私を選んでくれた理由がわかった。殿下は申し訳なさそうに謝ってくれたけど、私はそれでも構わないと思った。

私が殿下に救われた分を、少しでもお返しできるならと。

「好きに利用してください。それで殿下が少しでも、楽になるのなら」

「――！」

「それくらいしか、今は返せるものがありませんから」

ああ、もうハッキリとわかる。殿下に触れられるとドキドキして、身体が熱くなるんだ。

不相応だとは思う。それでも、この気持ちは本物で、誤魔化しきれない。

出会ってからは短く、交わした言葉も少ない。

お互いに、どういう人間なのかを理解し合うには足りないだろう。だとしても、私は殿下に惹かれている。

そう。私は殿下に、恋をし始めていた。

◇◇◇

俺の眼は見えすぎる。見えて嬉しいものだけじゃなくて、嫌なものまで見えてしまう。だから隠した。見えないようにと逃げてきた。

それでもふいに、自分のことは見えてしまう。自分がこれから歩む道、出会う相手。そして、惹かれる相手も先に知ってしまう。なんて不公平な能力だ。こんな力……できれば捨ててしまいたい。けれど、知ってしまった。

俺がこの先、誰かを本気で愛することがあるのだと。その相手の笑顔を、愛おしく思う日が来ると。

「好きに利用してください。それで殿下が少しでも、楽になるのなら」

「――――！」

その相手を見つけて、婚約までこぎつけた。

今はまだ半信半疑だ。彼女の境遇を聞いて、放っておけないと思って、運命の相手であることを抜きにしても助けようと思った。知れば知るほどに不憫で仕方がなかったからだ。

「それくらいしか、今は返せるものがありませんから」

俺はまだ、彼女を愛しているわけじゃない。利用してしまった申し訳なさのほうが、どちらかといえば強い。実際、彼女との婚約のおかげで、面倒な縁談は全て断ることができた。

その分の恩はしっかり返したい。彼女が少しでも自由に、幸福に生活できる環境を作りたい。

今思うのはそれくらいで、それ以上はない。

「ありがとう」

そのはずだ。彼女だって、まだ俺を愛しているわけじゃないだろう。出会って間もない男に、完全に心を開くとは思えない。それなのにどうして、そんなにもまっすぐ俺のことを見てくれるのか。

「さぁ、そろそろ戻ろう。冷え込むぞ」

「はい」

先に立ち上がり、俺は少し前を歩く。彼女の足音が聞こえる。

「お話に付き合っていただいてありがとうございます。とても嬉しかったです」

「ああ、俺もだ」

なんだこの感覚は？

胸の奥がぎゅっと痛いようで、苦しいようで。先に自分を知ってしまっているが故か。それとも、彼女には人を惹きつけるものがあるのか。

理由を探す。この胸の痛みの。とにかく今は、彼女が俺に向けてくれた優しい言葉が、頭から離れない。

「ははっ、困ったな」

彼女を愛するなんて、もっと先だと思っていた。けれど案外、近い未来なのかもしれない。

そんなことを考えながら、俺は彼女と共に夜空の下を歩く。

第四章

朝がやってくる。いつも憂鬱だった。一人で目覚め、一人で暮らす。

屋敷の中にはたくさん人がいるのに、私だけ孤立しているような疎外感が常にあった。

あるきっかけで対応が変わり、急に私を認識するようになった。

少しは生活しやすくなると思ったら、案外そんなことはなくて。心にもない心配や気遣いなんて窮屈なだけだと知った。

私はいつも一人だった。帰る場所なんてどこにもなかった。だから、眠ったまま過ごせるほうが楽だと、何度思ったことだろう。けれど今は少しだけ期待している。

「う、う……朝」

見慣れない天井がそこにある。いつもの屋敷じゃないことに、数秒時間を置いてから気づく。

「ああ……そっか」

私は今、シルバート殿下のお屋敷にいる。

昨日から彼と一緒に暮らすことになって、ここは新しい私の寝室だ。

私はゆっくりと起き上がり、周りを確認する。不思議な感覚だ。まだ夢の中にいるみたいで、少し意識がふわふわしている。私はしばらくぼーっとベッドの上で座っていた。

トントントン——ドアをノックする音の後で、女性の声が聞こえてくる。

「アストレア様、お目覚めでしょうか？」

「――あ、はい。もう起きています」

「お着替えをお持ちいたしました。中に入ってもよろしいでしょうか？」

「はい。どうぞ」

失礼します、と丁寧に一言添えて扉が開く。

姿を見せたのはメイド服の女性だった。この屋敷で働いている使用人の一人で、昨日から私のお世話を担当してくれることになった。

名前は確か……。

「おはようございます。ニーナさん」

「私の名前を覚えてくださったのですね。光栄です」

彼女は礼儀正しく頭を下げる。頭をゆっくりあげて、私のことをまっすぐに見る。

一つ一つの動作や視線をとっても、ウィンドロール家の使用人とは違う。

丁寧さ以前に、私のことをちゃんと見ている。ウィンドロール家の使用人は、私なんていない者として扱っていた。扱いが変わってからも、まっすぐ私を見る者はいなかった。腫れ物に触るみたいに。

「ですがアストレア様、私に敬称など不要です。どうぞ、ニーナと呼び捨てになさってください」

「呼び捨て……」

あまり他人を呼び捨てにするのは慣れていない。そもそも、名前を呼ぶこと自体も少なくて、新鮮な気分だ。

「ニーナ、着替えの用意をしてくれてありがとう」

「褒めていただくようなことはしておりません。当たり前の仕事をしただけですので」

「ううん、そんなことないですよ」

その当たり前が、私にとっては特別だった。

「ありがとう。そこに置いてくれますか？」

「お着替えをされないのですか？」

「しますよ。今から」

「……まさか、ご自身でお着替えをされるおつもりですか？」

「そうですけど……」

ニーナはキョトンと首をかしげて尋ねてくる。

ここでハッと気づく。貴族の令嬢というものは、着替えを使用人にお願いするのが普通だった。お姉様もそうしていたように。ウィンドロール家で私が過ごしてきた日々は普通じゃない。改めて実感する。私はこれまで、貴族らしい生活なんてしてこなかった。

数秒の沈黙を挟む。

「失礼ながら申し上げます。もしもよろしければ、私にお着替えのお手伝いをさせていただけませんか？」

困っている私に気を遣ってか、ニーナは自らそう言ってくれた。

私はわずかに間を空け、頷く。

「じゃあ、お願いします」

「かしこまりました」

ニーナが着替えの服を用意し、私の動きに合わせて着替えさせてくれる。

なんだかちょっとむず痒い。最近ではウィンドロールの屋敷でもやってもらっていた。けれどあの時とは違う感覚がある。

初対面の相手だから、というのもあるのだろう。ちょっぴり落ち着かない。

「アストレア様」

着替え中、ふいに彼女が私の名前を呼ぶ。

「私に遠慮なさらないでください。ここはウィンドロール公爵のお屋敷ではありません」

「ニーナ……」

彼女は淡々と着替えを進めながら私に説明する。

私の担当をする前に、シルバート殿下から今日までの経緯を簡単に共有されているらしい。

シルバート殿下と婚約する前、ウィンドロール家でどういう扱いを受けていたのか。

二人の聖女はいろんな意味で有名だった。王城で働いているのなら、貴族でなくても耳にする機会はあっただろう。

有能な姉と、無能な妹。私は、無能な妹のほうで、周囲の扱いは酷かった。

「アストレア様が感じた苦悩を、私などが推し量ることはできません。ですがご安心ください。殿下に任されている以上、アストレア様のここでの暮らしを私は全霊をもってお支えします。ですから、我慢なさらないでください」

「――――！」

我慢しなくてもいい。なぜか彼女のセリフに、シルバート殿下の姿が重なる。

「着替えは終わりました」

いつの間にかニーナは仕事を終えていた。何の問題もなく、窮屈さも感じない。完璧な仕事をして、一歩下がる。今の言葉が本心なのか。それとも建前なのかはわからない。

どちらだとしても、私にとっては嬉しい言葉だった。

「ありがとう」

「感謝など必要ありません。これからは遠慮なくお申しつけください」

殿下のそばにいる人は、みんな優しくて素敵な人ばかりなのだろう。

私は胸に温かさを感じて、思わずじーんと目が潤んだ。

着替えを済ませた私は、ニーナと一緒に食堂へと向かう。

道中、私の斜め後ろにぴったりとくっつき、距離感を保ちながら歩くニーナの姿に、使用人としての意識の高さを感じる。

私が不快にならず、けれど見失わないギリギリの距離感を保っている。ウィンドロール家の使用人も優秀な方々ばかりだったはずなのに、彼女を見ていると特別に感じる。

「何か私にお聞きになりたいことがあるなら、遠慮なくおっしゃってください」

向こうからのアプローチ。私は変な声が出る。

「えっと、じゃあニーナはいつからここで働いているんですか？」

「殿下がこちらのお屋敷で暮らし始めた頃からです」

殿下は今年で二十一歳になる。彼が屋敷で暮らし始めたのは十歳の頃だから、今から十一年ほど前のことだ。つまり彼女も同じ期間、この屋敷で暮らしていたということになる。年齢は私と同じ十八歳らしい。

十八歳はこの国では成人になる年齢だ。子供から大人の女性に移り変わるタイミング、ニーナはとても落ち着いていて、しっかり者のオーラを感じるのに、私は全然ダメダメだ。

これからはもっとしっかりしないと。殿下の婚約者になったのだから。

「じゃあニーナは、七歳の頃からメイドのお仕事をしているの？」

「はい。私の家系は代々王家に仕える使用人の一族です。この屋敷の執事長は私の祖父にあたります」

屋敷の中で殿下と何度か話していた老執事が頭に浮かぶ。

白い髪と髭に、高身長ですらっとした体型や立ち振る舞いには、男性としての色気のようなものを感じた。

あの人がニーナのお爺さんなのか。確かに、雰囲気は似ているかもしれない。

「私は祖父が殿下の専属執事をしておりましたので、幼い頃から殿下のメイドとして働いてきました。ですから屋敷に移る前は、王城で少しだけ働いておりました」

「そうだったんですね。じゃあ殿下と一緒にこの屋敷に？」

「はい。殿下にお誘いを頂きましたので」

「殿下に信頼されている証拠ですね」

「そうだと光栄です。殿下はあまり、他人を快く思っておられませんので」

ニーナは少し寂しそうに呟く。私は昨夜の出来事を思い出す。

殿下と二人、夜空の下のテラスで話をしたことを。俺は他人と関わる度に、人間のことが嫌いになりそうだった。子供の頃は特にそれが強くて、誰とも関わりたくないとすら思った。

殿下はそう言っていた。特別な眼があるせいで、知りたくもない他人の素顔を覗いてしまう。他人と触れ合う度に心が遠ざかっていく。そういった苦悩から逃れるために、殿下は一人屋敷で暮らすようになった。そんな殿下が、共にいることを望んだのだから。ニーナは殿下に深く信頼されているに違いない。

「信頼されていなかったら、十年以上も一緒に暮らせないと思いますよ。きっと」

「――だからこそ、アストレア様は特別なんです」

「え？」

私は振り返る。するとニーナは、とても優しくて綺麗な笑顔を向ける。

「あの殿下が、自らの意思で婚約することを望みました。聞いた時は私も、皆さん驚かれたはずです」

「私も驚きましたよ。夢みたいだなって」

たぶん、私が一番驚いたのだろう。一切の予感もなかった。お姉様の身代わりで縁談に参加して、まさか相手が殿下だとは……。

「殿下はこれまで、縁談や婚約の話を執拗に断っておられました。その殿下が自ら選び、この屋敷に招いたのはアストレア様だけです。それだけ殿下にとって、アストレア様は特別なのでしょう」

「ニーナも知っているの？　殿下の眼のこと」

ニーナはこくりと頷く。どうやらこの屋敷で働く者たちは全員知っているらしい。

殿下は一部の人間だけが知る事実だと言っていた。余計な詮索や不都合が増えることを避けるため、眼のことは隠されている。

その秘密を知らされているということは、ここで働く者たちは皆、殿下に認められた方ばかりなのだろう。ニーナも含めて。

「私は、いえ、この屋敷で働く者は皆、殿下のことを心からお慕いしております。ですから常に思っていたのです。殿下が心を許せる方に巡り合えることを……アストレア様」

彼女は真剣な表情で、私のことをまっすぐに見つめる。そうして伝える。

「どうか、殿下のことをよろしくお願いいたします。孤独であろうとするのは、特別な眼があるせいです。殿下は孤独を望んでいるわけではありません。本当は……」

寂しがり屋なのです、とニーナは小言で呟いた。

ハッキリと伝わる。殿下のことを本当に案じているのだと。十年以上そばで見てきた故に、誰よりも殿下の苦しみを知っている。そんな彼女だからこそ、きっと殿下もそばにいてほしいと思ったに違いない。私は……。

「殿下との出会いに、私は救われました」

もしも出会わなければ、私は今も一人きりだった。

「だから今度は、私が殿下のことを支えたいと思っています。何ができるかは、まだわからないけど」

殿下にとって私が、心を許せる相手になれるように。彼の特別になりたい。願わくは、私が彼に惹かれたように、彼も私に……惹かれてほしいと思う。

「これから殿下のことを、いろいろ教えてくれると嬉しいです」

「はい。もちろんです。全力でお支えいたします」

私は思う。きっと彼女たちがいたからこそ、殿下は本当の意味で孤独にはならなかったのだと。

殿下の優しさや温かさを守ったのは、彼女たちの存在なのだろう。

◇◇◇

食堂に入ると、先に殿下が座って待っていた。視線が合う。

「おはよう、アストレア」

「おはようございます。シルバート殿下」

殿下は優しく微笑みながら私に声をかけてくれた。続けて殿下はニーナにも気づく。

「ニーナもおはよう。彼女の案内をしてくれて感謝するよ」

「お褒めいただき光栄でございます」

ニーナはお淑やかに頭を下げる。殿下の背後にはこの屋敷の執事長を務める男性、ニーナの祖父であるバレスさんが立っていた。

私は昨日と同じ席に腰かける。ニーナが私の後ろに立ち、準備が整ったタイミングでバレスさんがシェフを呼ぶ。

「料理長、朝食の用意をお願いします」

「かしこまりました」

シェフが朝食の用意を始める。その隙間時間に、殿下は私に質問する。

「昨日はよく眠れたか？」

「はい。おかげさまでぐっすり眠れました」

「そうか。ならよかった。寝具が合わなかったりしたら遠慮なく言ってくれ」

「はい」

話し始めて一分弱。シェフが朝食を運んでくる。あっという間にテーブルの上は美味しそうな料理が並んだ。

「美味しそう」

「さぁ、冷めないうちに食べてしまおう」

「はい」

朝食も豪華で、一つ一つの味も好みだった。私がきたばかりだから、シェフも豪華にしてくれたのだろう。小さな心遣いと美味しさに感動しながら、気づけばお皿は綺麗になっている。

食べすぎて太ってしまわないか心配になる美味しさだった。

「アストレア、招いて早々で悪いが今日は昼過ぎまで外出する。何かあればニーナを頼ってくれ」

「はい。お仕事か何かですか？」

「ああ、王城のほうで貴族たちの会合があるんだ。それに出席したら戻ってくる」

「わかりました。その間、私はどうしていればいいでしょう」

「自由にしていればいい」

殿下はそう言い、先に席を立つ。あまり態度には見せなかったけど、どうやら急いでいるみたいだ。

「それじゃ行ってくる。また後で」

「はい。お気をつけて」

殿下は執事のバレスさんを連れ、食堂から出ていく。

私もニーナと一緒に食堂を後にする。廊下を歩きながら、殿下の言葉を思い返す。

「自由に……」

そう言われても、何をどうしていいのかさっぱりわからない。

特にやることもなく、自室でダラダラと過ごすのは、なんだか殿下に申し訳ないと思った。

何かやることを探そう。私にできることは何だろう？

殿下のお役に立てることをしたい。

そう思った最初に浮かんだのは、昨日の案内で教えてくれた部屋のことだった。

「ニーナ、この後書斎に行ってもいいんですか？」

「はい。ご自由になさってください。必要であれば私もご一緒します」

「ありがとう。それじゃ場所の案内だけお願いできますか？　昨日教えてもらったけど迷ってしまいそうで」

「かしこまりました。書斎はこちらです」

ニーナに案内してもらって、一階の奥にある書斎へ向かう。と、途中で思い出し、ニーナに自室へ寄ってから書斎へ行く道順に変更する。

書斎へは本を読みにいく、というわけではなかった。私は自室に一度戻り、ウィンドロールの屋敷から持ってきた数少ない私物を手に取って自室を出る。

「もうよろしいのですか？」

「これを持っていきたかっただけなので」

私は茶色い小さなカバンを彼女に見せる。彼女は首をかしげる。

「カバンですか？」

「そうです。ウィンドロールのお屋敷で新薬の研究に使っていた資料とかが入っているんです」

「アストレア様はお薬の研究をされていたのですか？」

　ニーナは驚きながら尋ねてくる。

　殿下から事情は聞いているみたいだったけど、私が新薬を開発したりしていることは知らないみたいだ。私は頷いてから続ける。

「そうですよ。聖女の奇跡は起こせなくても、お薬ならたくさんの人を助けられると思って始めたんです」

「素敵な理由ですね。尊敬いたします」

「そ、尊敬なんて」

　言われると照れてしまう。何気に初めて言われたから、どういう反応をすればいいか困る。

「書斎へは研究の続きをされるために？」

「はい。落ち着いた場所が好きなんですよ。書斎には資料もたくさんあるから、研究するにはちょうどいい場所だと思って」

「殿下がそうおっしゃったのですか？」

「いえ、殿下は何も。ただ私がそうしたいと思ったんです。何の取り柄もない私だけど、これなら殿下のお役に少しでも立てる気がして」

　これくらいしか思い浮かばなかった。

私が殿下にあげられるもの。こんな時、お姉様みたいに聖女の力があれば……と思ってしまう。

「素敵なお考えです。きっと殿下もお喜びになられます」

「ありがとう」

そうだといいな。私はニーナと一緒に書斎へと向かった。

◇◇◇

この屋敷の書斎は、ウィンドロール家よりも充実している。

王族の屋敷だから当然かもしれないけど、揃えてある書籍の数が圧倒的に多く、あらゆる分野を網羅している。

昨日殿下に案内してもらった時、さらっと紹介されただけで平然としていたけど、私は少しワクワクしていた。

きっと私がまだ知らない知識が眠っている。新しい知識は、新しい何かを生み出すための素材になる。

「こちらです」

「案内してくれてありがとう」

「この後はどうされますか？　お一人のほうがよろしければ、私は部屋の外に待機しております。もしご迷惑でなければ、私にもお手伝いさせていただければ幸いです」

「えっと、じゃあお願いしてもいいですか？」

「かしこまりました」

せっかく近くにいるのに、わざわざ外で待機してもらうほうが失礼かと思った。それに、これから長い付き合いになる彼女と、もっと親交を深めたい。

私にしては珍しい。なるべく他人との関わりを避けて、自分が傷つかないように逃げていた以前までの自分なら、こんな風に思うことに驚くだろう。

私は書斎のテーブルに、カバンの中身を広げる。

ウィンドロール家で使っていた資料と、作成途中だった新薬のサンプルだ。

大半はお姉様の妨害で廃棄してしまったけど、少しだけ残っている。そのおかげでなんとか、研究を一からやり直す事態は避けられた。

ニーナが広げられた資料を見ながら尋ねてくる。

「アストレア様はどんな薬を開発されているのですか？」

「今作っているのは、南のほうで流行っている中毒症状に効く薬です。一年前から水の汚染が起こって、その水を飲んだ人たちが中毒症状で苦しんでいるみたいなので」

「南……確かアラベスの街がある地域ですね」

「はい。ニーナはアラベスのこと知っていたんですか？」

「少しだけ存じております。あそこは殿下が管轄する地域の一つですので」

「そうだったんですね」

それなら尚更頑張らないといけない。

水の汚染は一時的なものではなく、周囲の地形や環境の変化によって緩やかにもたらされたものだとわかったらしい。故にすぐ問題を解決することはできない。

幸いにも死に至るような重篤な症状ではないものの、日々の飲食が消極的になれば、必然的に人間は死へと向かってしまう。

このままでは多くの人々が苦しみ、アラベスは人が住めなくなる。

そうなる前に、症状を抑える薬を開発したかった。

「普通の病気とは違うから、完治させることはできない。でも症状を抑えて、時間をかけて環境に身体を慣れさせることはできるから」

「慣れさせる、のですか？」

「そう。汚染とは言われているけど、特に人間以外に被害は出ていないみたいだから、おそらく環境の変化に人間の身体が驚いている状態だと思うんです」

人間は環境に慣れて育つ生き物だ。そしてどの生き物よりも繊細で、様々なものに影響を受ける。初めて訪れる場所の水を飲むと、成分が合わなくてお腹を壊してしまうように。

汚染といっても毒素が混じったわけじゃない。もしそうなら、周囲の植物や動物にも悪影響を及ぼす。人間の繊細さが、環境の変化に過剰反応を起こしているだけだ。

「失礼ですが、どうしてそうだとわかったのですか？　アストレア様は現地に行って調べられたのでしょうか」

「いいえ、私は外にほとんど出なかったから、聞いた情報とアラベス周辺の地形とか、資料からわかることの予測です」

過去に同様な事例がないか。アラベスの周辺地形、環境、生態系については、屋敷の書斎で調べることができた。

それに聖女であるお姉様の下には、世界中から様々な問題や悩みが舞い込んでくる。

遠くて面倒だからと無視した問題の中に、アラベスの情報もあった。

それらを元に考察し、地形の変化によって地層が変わり、水が流れる道が変化したことで、水に含まれる成分も変わったのではないかと予測した。水害などが原因となり広がる病は多く存在する。今回もその事例に近く、運よく重篤な病とはならなかった。

「凄いですね。そんなわずかな情報で予測を立てて、新しく薬を作ってしまうなんて」

「そんなことないですよ。宮廷にも薬師さんはいたから、私がやらなくてもきっと誰かが作ると思います。私のしていることは、ただの自己満足みたいなものだから」

「そのような悲しいことを言わないでください。アストレア様は素晴らしいことをしています。殿下も、それを知っているからこそ、あなた様を選んだに違いありません」

「ニーナ……そうだと嬉しいですね」

殿下が私との婚約に、私でなければならない理由を一つでも抱いてくれたのなら。

私はとても幸せで、頑張ろうと思える。

それに殿下だけじゃない。ニーナのように、まっすぐ賞賛の声をくれる人は少なかった。だから自然と、口角が上がり、気分が高まる。

「褒められるって……こんなにも幸せなんだね」

　ぼそりと口に出す。褒められる喜びも、私はこれから知っていく。

◇◇◇

　シルバートが王城から出てくる。その背後には執事のバレスが離れずピタリとつき、シルバートの歩くペースに合わせる。普段よりも少し早歩きで彼らは屋敷へと向かう。西の空を見ると、オレンジ色の光が輝いていた。

「すっかり遅くなってしまったな」

　会議が予定より長引いたことで、本来なら昼過ぎに帰宅できるはずが、もうすっかり夕方になっていた。

　そそくさと歩くシルバートに、執事のバレスが尋ねる。

「心配ですか？　殿下」

「まぁな。ニーナも一緒だ。心配はないと思うが、随分待たせてしまった。退屈な思いをさせてしまったら申し訳ないだろう」

「お気持ちは理解いたします。ですがあまり急がれると転んでしまいますので、お気をつけください」

「わかっている。相変わらず心配性だな」

この二人の関係は、シルバートが物心ついた頃から続いている。

王家の家族を除けば、バレスこそがシルバート最大の理解者であり、味方と呼べる存在だった。

故にシルバートはバレスを信頼し、バレスも彼の信頼に応えようと全霊を尽くす。まさに理想的な主従関係と言えるだろう。

「あまり深く考えすぎないほうがよろしいと思います」

互いに見知った仲であり、特別な眼など使わずとも、心の奥が透けて見える。

「アストレアのことか?」

「はい。殿下は毎晩、アストレア様との接し方について悩んでおられる様子でしたので」

「……別にそういうわけじゃないがな」

シルバートは毎晩、その日を振り返るようにしている。

一人反省会とでも呼べる行為である。

小さい頃から続けてきた習慣で、今さら珍しいことでもなかった。ただ、最近はアストレアとのことばかり考えている。彼女にかけた言葉に不適切なものはなかったか。

表情は、行動は、彼女を不安にさせたり、怯えさせるようなことはなかったか。

そんなことばかり考えていた。

「我ながら滑稽だな。まさか俺が……他人との関わりに深く悩むとは」

「私はよいことだと思います」

「いいこと、か。そうだな」

シルバートは能力故に、他人との関わりを避けていた。

これ以上に人間を嫌わぬように。上手く関わらず、楽にやり過ごせることを優先して考えてきた。しかし今、彼の悩みは違う。アストレアとどう接するのが正解なのか。

関わらない方法ではなく、関わり方を考えている。

「自分を見てしまって、気持ちが逸っているな。どうにも落ち着かない」

「それも含めて、関わるということです」

「……そうだな。長らく忘れていたよ」

誰もが等しく、他人との関わりには悩む。好意的な相手、苦手な相手、嫌いな相手……いろいろいる。全員と仲良く、全ての場面で上手く立ち回れる者などごく少数である。

深く知らないからこそ保てる距離感も、シルバートは一方的に知ってしまうから、上手く距離を測れずにいた。だから避ける。

見て見ぬフリをして、遠ざける。孤独が好きでも、得意でもないのに。

「帰ったら、何と声をかけるのが一番なのだろうな」

「思うままに、でございます」

「それが一番難しいんだよ。自分の気持ちこそ……もっとも難解なんだから」

「左様ですね」

シルバートはため息交じりに笑みをこぼし、歩く速度を普通に戻す。

そうして夕日が半分沈む頃、屋敷に戻った。玄関から中に入り、何気なく彼女を探す。彼に気づいた使用人の一人が挨拶をしてきたタイミングで、アストレアがどうしているか尋ねた。

「アストレア様なら書斎にいらっしゃいます」

「わかった。ありがとう」

書斎にいるということは、本でも読んでいるのだろうか。

多少なりとも退屈せずにいてくれたら嬉しい。

そう思いながら書斎に赴く。ノックをして、中にいることを確認する。

「アストレア、いるか？」

「――！　殿下？　はい」

「入るぞ」

中へと入る。その光景に思わず、シルバートは驚く。

「これは……」

「お帰りなさいませ、殿下。散らかしてしまってすみません」

「いや、別にいいが……」

見覚えのない資料や小瓶がテーブルに並んでいる。

本を読んでいたとは思えない光景に驚き、一緒にいたニーナと目が合う。

「お帰りなさいませ、殿下」

「ああ、ニーナも一緒にいてくれたのか」

「はい。アストレア様の研究のお手伝いをしておりました」

「研究？　ああ、新薬なのか」

　ここでようやく何をしていたのか察する。アストレアが以前から薬の研究をしていることは、シルバートも知っている。なぜ彼女が新薬を作り始めたのか、その健気な理由も含めて。

「なんでわざわざ研究を？」

「それは……これなら殿下のお役に立てると思ったので」

「——俺のために？」

「その、何もせずに過ごすのは殿下に申し訳なく感じたので、私にできることはないかな……と、ご迷惑だったでしょうか？」

　彼女は不安そうに尋ねる。それを聞いて、シルバートは笑う。

「ははっ、迷惑だなんて思うわけない」

　彼はバレスの言葉を思い出す。思うままにすればいい。そう、今、感じたことを言葉にすればいいのだと。

「ありがとう。嬉しいよ」

　シルバートにはわかる。彼女の善意は、偽りでも何かを欲するものでもない。ただ純粋に、自身に恩を返したいと思っているだけなのだと。清らかな心の持ち主は、その行動にも誠実さがあふれる。改めて彼は、アストレアを婚約者に迎えたことに、彼女との未来を見せられた偶然に、照れながら感謝をする。

第五章

薬草とハーブの香り。窓から差し込む太陽の光が、小瓶に入った薬品をキラキラと輝かせる。

今日は風が心地いい。

少し窓を開けておくと、いい具合に優しい風が入ってくる。

時折意地悪に、ちょっぴり強い風が吹く。積み上げられた資料が飛んでしまわぬよう、重しを置いてある。

風に揺れ、ピラピラとなびく。

「アストレア様、このくらいでよろしいでしょうか?」

「ありがとう。じゃあそれにさっきすり潰した薬草を混ぜて、もっと細かくなるようにすり潰してもらってもいいですか?」

「かしこまりました」

ウィンドロール家でやっていたように、私は新薬の研究をしている。

似ているけど、環境は大きく違う。

殿下が私のために、研究用の部屋を用意してくれた。

必要な資材を集め、さながら宮廷の薬室のように充実した設備の部屋を。たった一日足らずで準備してくれてとても驚いた。

好きに使ってくれ。殿下は当たり前のようにそう言ってくれた。

私の身の回りのお世話をしてくれるニーナも、新薬作りを手伝ってくれている。

彼女はとても丁寧で、手先が私よりずっと器用だ。

覚えるのも凄く早くて、私が一度お願いしたことはすぐに覚えてくれる。おかげで効率がぐんと上がり、ストレスなく研究が進む。

「アストレア様、終わりました」

「ありがとう」

複数の薬草とハーブをすり潰し、ペースト状にしたもの。種類や配合を変えることで、様々な効果を発揮する。

いろんな配合を試して、効果がどのように出るか予測を立て、実際に使って安全性を確認する。

普段は自分で飲んで、副作用の程度を確かめたりしていた。

殿下の計らいで、今後は一旦宮廷の薬室に提出し、そこで効果の実験を行ってくれるらしい。

より安全性に考慮され、宮廷の方々に見てもらえたら、さらに改良していい薬品になるかもしれない。

私の薬がたくさんの人を笑顔にする。

聖女の力はなくても、誰かの幸せを紡ぐことができるのなら、それだけで十分すぎるやりがいだ。

「次の作業をいたします。何をすればよろしいでしょう？」

「少し休憩してもいいんですよ？　ずっと力仕事ばかりやってもらっているし」

「問題ありません。体力には自信がありますので」

「そ、そうですか？」

ニーナは凄く熱心に働いてくれる。とても嬉しいことなのだけど、頑張りすぎていないか心配になってしまう。

彼女はあまり表情に感情を出さない。

そういう教育を受けているのか、それともそういう癖なのか。

疲れを表に出さないから、本当に疲れているのかわかりにくい。

強く命令すれば、彼女は休んでくれるだろう。けれど私にはそんな風に命令する勇気もなく、ただ彼女が頑張りすぎて倒れないか心配で。

少しでも、彼女の頑張りに応えたいと思った。

「……そうだ」

私はひらめく。喜んでもらえるかわからないけど、効果はあるはずだ。

私は素材箱の中から、必要なハーブを取り出し握る。

「ニーナ、私はちょっと外に出てきますね」

「どこかへ行かれるのですか？」

「書斎に少し。すぐ戻ってくるので、ニーナはこのまま続けていていてほしいです」

「かしこまりました」

研究室をニーナに任せて、私はハーブを握りしめて廊下に出る。

書斎に向かう、と見せかけて私は食堂へと向かった。

食堂とキッチンは併設している。今の時間なら料理長さんも不在のはずだ。

料理の邪魔をしてしまうこともないだろう。私はキッチンにたどり着き、ハーブをテーブルに置く。

「えっと、ポットは……」

お湯を沸かすためのポットと、お茶を淹れるための道具を探す。

キッチンの作りも、ウィンドロール家の屋敷に似ている。

友好国の屋敷だから、作りも似ているのだろう。おかげでなんとなく、どの道具がどこにあるのかわかった。

「あった」

必要な道具を揃えてさっそく作業を開始する。

ニーナに黙ってキッチンへきたのは、ハーブティーを淹れるためだ。

手に取ったハーブは三種類。どれも疲労回復に効果があるとされ、お茶にした時の味も悪くない。

私もウィンドロール家で疲れた時、キッチンを借りてこのハーブティーを淹れていた。

普通の貴族なら、自分でお茶なんて淹れないだろうけど。

私は誰もやってくれなかったから、自分で淹れ方を覚えるしかなかった。

あの頃は周りに嘲笑されたり、嫌な空しさを感じていたけど……。

「淹れ方、覚えておいてよかった」

今はそう思える。自分のためじゃなく、誰かのためにお茶を淹れる。

これはきっと、お姉様にだってできないことだ。

とても小さくて笑われてしまいそうな違いだけど、私がお姉様よりも誇れる数少ない特技だと思っている。

「できた」

いい香りがする。我ながら上手く淹れられた。

自分でも驚くほど、お茶を淹れることが上手くなったと思う。

時間があればお茶菓子も作りたかったけど、あまり長居するとニーナが心配するだろう。

お菓子はまた今度にしよう。その時は、もしも喜んでくれるなら、殿下も一緒に。

自分が淹れたお茶と、作ったお菓子でティーパーティーなんて……。

「できたらいいな」

独りぼっちのお茶会に、殿下やニーナがいてくれたら。

きっと幸せで、楽しいだろう。

そんなことを思いながら、私は淹れたハーブティーを運び、研究室へと戻る。

こぼさないように慎重に。ハーブティーの入ったポットと、人数分のティーカップをプレートに載せて運ぶ。

屋敷に使用人が少なくてよかった。

今の姿を見られたら、きっと何をしているのかと不安がられる。

私はゆっくり、音を立てながら研究室の扉の前に立つ。

「あ……」

ここで両手が塞がり、自分では扉が開けられないことに気づく。

仕方ないので声を少しだけ張って、中にいるニーナに呼びかけることにした。

「ニーナ、ごめんなさい。扉を開けてもらっていいですか？」

「――アストレア様？　かしこまりました」

ガチャリと、扉が開く。

「ありがとう」

「お帰りなさいませ――！　アストレア様、それは」

「ハーブティー、淹れてきたんです」

「アストレア様が、ですか？」

「はい。ちょうどいい時間だし、少し休憩にしましょう」

驚くニーナにニコリと微笑みかけ、私は研究室の中に入る。

ウィンドロール家での研究室は、いろんな道具とか資料が乱雑に置かれていて、テーブルの上はとても汚かった。

今も資料の数は同じなのに、ちゃんと置き場が確保されている。

全てニーナが整頓してくれているおかげだ。私は運んできたポットとティーカップをテーブルの上に置く。

「書斎に行かれたのではなかったのですね」

「ごめんなさい。これを淹れに行きたかったんです」

「お茶でしたら、言っていただければ私がご用意させていただきました」

「そう言われると思ったから黙ってたんですよ。私が淹れたかったので。頑張ってくれているニーナに飲んでもらいたくて」

と言いながら、少し恥ずかしい。ニーナはちょっぴり驚いたような顔をしていた。

私はカップにハーブティーを淹れていく。

「この香り……ハーブですか？」

「そうです。三種類のハーブを混ぜたもので、疲労回復の効果があるんですよ。これを飲むと元気になれて、夜もしっかり眠れます」

「それをわざわざ、私のために淹れてくださったのですか？」

「えっと、迷惑……でしたか？」

私は不安げに弱々しく尋ねる。

よかれと思ってやったことだけど、もしも迷惑に感じられたら悲しい。すると、ニーナは優しく微笑んで、嬉しそうに言う。

「いえ、初めてのことで驚きましたが、とても嬉しいです」

「よかった」

心からホッとしている。

「どうぞ」

「ありがとうございます。では一口」

再び緊張する時間がやってくる。味には自信があるけれど、他人に振る舞ったことは一度もなかった。

美味しいと思っているのが自分だけだったらどうしよう。

そんな不安も、ニーナの表情を見て消えていく。

「美味しいです」

二度目の安堵で声が漏れそうになる。

どうやら自分の味覚は信じてもよさそうだ。誰かに作ったものを振る舞うのはドキドキして、心臓に悪い。

その分、喜んでもらえた時の嬉しさも格別だけど。

「本当にアストレア様が淹れてくださったのですか？」

「はい。キッチンの道具を借りて……変でしたか？」

「いえ、むしろ変なところは一つも。私が淹れるよりも上手くできていると思います」

「そ、そんなことないと思いますけど」

さすがに普段からやっている人たちには敵わない。

私のは見様見真似で、誰かに振る舞うことなんて考えていなかったから。

手つきだって素人よりちょっぴり上手い程度で、メイドさんや執事さんに比べたら全然、と思っていたけど。

「こんなにも美味しいハーブティーは初めて頂きました。何か特別なハーブを使われたのですか？」

「いいえ、普通のハーブですよ。配合も簡単で、それぞれ一対一になるように淹れるだけ。あとは普通の淹れ方と一緒なので」

「そうですか。今度自分でも試してみようと思います。このお茶は十分、お客様にもお出しできるものです」

「そうですか？　覚えていてよかった」

本職の人にも認められるなんて思わなかった。

私の小さな努力が報われた瞬間だ。

「お茶の淹れ方はご自身で勉強なされたのですか？」

「そうですよ。ウィンドロール家で少し、身の回りのことは自分でやらないといけなかったから。お料理とかお菓子作りも少しならできるようになりました」

「素晴らしいですね。私も見習いたいです」

なんだかむず痒い。

褒められ慣れていない私には、ニーナの言葉が全て嬉しくて、恥ずかしさも感じる。

ふと、殿下のことを思い浮かべる。ニーナにも認めてもらえた。

もし機会があるのなら、殿下にも飲んでもらいたい。

お仕事で忙しく、今は外出されていると知っているのに、なんとなくカップも三つ用意してしまった。

またの機会にしよう。

そう思った時、奇跡のようなことが起こる。

「アストレア、入ってもいいか？」

「殿下？　どうぞ！」

殿下の声が聞こえて、思わず身構える。部屋の扉を開けて中に入ってきたのは、間違いなく殿下だった。

今日は夕方頃にお帰りになるという話だったのに。

「お邪魔するよ」

「お帰りなさいませ、殿下。お仕事はよろしいのですか？」

「ああ、早く終わった。いい匂いだな」

殿下がハーブティーの香りとポットに気づく。

私が淹れました、と言うのを躊躇って、口元がもぞもぞする。そんな私に助け舟を出すように、ニーナが口を開く。

「アストレア様が淹れてくださったのです。とても美味しいハーブティーを」

「アストレアが？」

「は、はい。その、もしよければ殿下もお召し上がりになられませんか？　疲労回復の効果があるので、お仕事の疲れも……」

「ああ、ぜひ頂くよ」

「はい！」

　さっそくチャンスが巡ってきた。私は用意した三つ目のカップにお茶を注ぐ。

　時間もそれほど立っていないからまだ温かい。

「どうぞ」

「ああ」

　殿下が私の淹れたハーブティーに口をつける。

　それだけのことでドキッとする。わずかな不安を拭いたくて私はニーナに視線を向ける。

　彼女は私の不安を察してか、大丈夫ですよと小声で言ってくれた。

　そして一口飲んだ殿下は。

「美味しいな。心も温まるようだ」

「――あ、ありがとうございます！」

　嬉しい言葉を口にしてくれた。

　おかげで私の心もポカポカと温かくなる。たかがハーブティーを淹れただけ。これも以前からやっていたことの一つだけど、こうして努力は芽吹く。

私が積み重ねてきたことは、何も無駄じゃなかったと教えてくれるように。

「アストレアは凄いな。お茶も自分で淹れられるのか」

「私も見習いたいほどです」

「あ、ありがとうございます」

二人して感心しながら私の淹れたハーブティーを飲んでくれる。

ニーナが続けて解説する。

「ハーブティーは他の種類のお茶と違い、配合やハーブの特徴をしっかりと把握し、活かす技術が必要になります」

「なるほど。つまりただ淹れるだけではこの味は出せないということか」

「はい。アストレア様の技術がうかがえます」

「そ、そんなに大したことはしていませんよ？　淹れ方も独学だし、ハーブのことも薬学のついでに覚えた程度なので、詳しい人はもっと詳しいはずです」

私は薬師ではないし、お茶を淹れる専門の勉強もしていない。

自分にできることを探し、見出した数少ない特技の延長線でしかないから、誇れるほど優れた技巧を持っているわけじゃない。

それでも二人は認めてくれる。大げさに思えるほど褒めてくれる。

「私もメイドとしてお茶の淹れ方や知識は学んでおります。ですがハーブティーに関しては、アストレア様から学ぶことが多そうです」

「ニーナにそう言わせるとはな。誇っていいことだぞ」

「そんな、私にはただ、これくらいしかできることがなかっただけで……」

「君は自分を過小評価しすぎている。いや、単に気づいていないだけか」

「え？」

殿下はハーブティーのカップを置く。

改まった様子で私と視線を合わせ、口を開く。

「アストレア、君は聖女として、姉よりも劣っていると思っているようだな」

「それは……はい。事実ですから」

私は小さく笑いながら言う。史上初、双子として生まれた聖女に人々は期待した。

一人は期待に応え、一人は期待外れだった。

祈りを捧げ奇跡を起こす。

病や怪我で苦しむ人を癒し、不運に嘆く人々を救うことができる。

それこそが聖女、神に愛された乙女、神の言葉を代弁する者。しかし、私にはその力はなかった。

どれだけ必死に祈っても、私の声が届くことはない。

いつしか私は、聖女として祈ることすらやめてしまった。

祈ったところで奇跡は起こらない。ならば自分の力で、人々の役に立つ方法を探したほうがずっといい。そう思ったから。

「それは勘違いだ」

「勘違い……？」

殿下は小さく頷き、ご自身の眼帯に触れる。

「君と初めて会った縁談の日、俺はこの眼で君を見た。だから知っている。君は間違いなく聖女の力を持っている」

「私の中に……聖女の力が？　でも……」

私の祈りは一度も届いたことがない。どれだけ祈っても、私の言葉に神様は応えてくださらない。

愛されているのはお姉様一人だけだ。

そんな諦めを否定するように、殿下は首を横に振る。

「聖女が二人誕生することは異例なのだろう？　ならば普通の思考で見てはいけない。君たちは特殊なんだ」

「特殊……」

「聖女が一世代に一人だけ。それは偶然ではなく、神の定めた規則なのだろう。神の規則は普遍だ。だから君たちも、二人で一人の聖女なんだよ」

「二人で、一人？」

「そうだ。聖女は祈りで奇跡を起こす。だが厳密に言えば、祈りを捧げ神の示した道を伝えることが聖女の力であり、奇跡は副産物に過ぎない」

殿下は説明を続ける。この国には聖女の伝説が語り継がれている。

それ故に、王族である殿下も聖女については詳しい。もしかすると私以上に、聖女の歴史や特性を理解している。

殿下曰く、聖女は奇跡を起こすのではなく、奇跡を生むことができるのだという。

「奇跡を生む……」

「その奇跡を起こすこともできるし、与えることもできる。その場で傷が治ったりすることが前者で、後に幸運が訪れたり、物に奇跡が宿ることが後者だ。大きく分けてこの二つが聖女の奇跡……そして君たちは二人いる。だからその力も、二つに分かれているんだよ」

語りながら、殿下はハーブティーの入ったポットを指さす。

「君の淹れてくれたハーブティーはとても美味しかった。心が温まるし、幸せな気持ちになる。ニーナもそうだろう？」

「はい。私が淹れても同じ味は出せても、このような幸福感までは真似られないと思いました」

そんな風に感じてくれていたことに驚き、同時に嬉しくなる。

私が淹れたお茶で、二人が幸福を感じてくれたことに。続けて殿下は、研究途中の新薬を指さす。

「君がこの間作ってくれた薬のおかげで、中毒症状は改善したよ。薬師が言っていたけど、自分たちが作るよりも上手くできているそうだ」

「本当ですか？」

「ああ、彼女たちも褒めていたよ。そしてそれこそが、君が持つ聖女の力だ」

最後に殿下は、私の手を取る。

優しく、すくい上げるように握る。

「殿下？」

「アストレア、君は奇跡を、幸福を、誰かに与えることができるんだよ」

聖女の奇跡は幸福を呼び込む。

苦しみを和らげ、不幸を跳ねのける。それらは神の祝福であり、天から授かりし幸福の加護である。

聖女は幸福をもたらす奇跡を起こし、与えることができる。

殿下は私の手を優しく握りながら、続けて言う。

「君の姉、ヘスティアは奇跡を起こすことができる聖女だった。だから彼女の祈りは、その場で傷や病を癒し、幸福をもたらす。だがそれは、彼女一人の力じゃない。君という存在がそばにいたからこそ、彼女の力はより大きく発揮されていたんだ」

「私が……いたから？」

殿下は頷く。そして続ける。

「君は与える聖女だった。物や人に奇跡を与える。君の祈りや願いは、君が作った薬やお茶に宿り、それを手にした者に幸福を与える。もちろん知識や技術は必要だけど、そこに聖女の奇跡が加わることで、君は多くの幸せを届けてきたんだ」

「私が……」

誰かに幸福を届けることができていた？　殿下の言葉を聞きながら、心が、身体が震える。

驚きと、喜びで。

「それだけじゃない。君は奇跡を与える。それはもう一人の聖女、ヘスティアの力を強化していた。君は無意識に、自身の奇跡を彼女に与えていたんだ」

「そうなのですか？」

「ああ、この眼は隠していても、君たちの輝きを捉える。同じ聖女で双子でも、君たちの輝きは少し違っている。君たちを見た時、アストレアの輝きがヘスティアの中に感じられた」

そこで確信を得たと、殿下は続けた。私の祈りや願いは、無意識に周囲へと振りまかれるらしい。

お姉様に私の力が注がれていたように。

「つまり君は、一緒にいるだけで誰かに幸福を届ける。聖女というより、まるで女神だな」

「女神……」

私が？

「初めて会った時に言っただろう？　俺は君の姉よりも、君のほうが優れていると思っている。その理由を婚約したら教える約束をしていたからな。ちょうどいい機会だ。忘れていたわけじゃないぞ？」

そう言って殿下は悪戯な笑みを浮かべる。

私のほうこそ忘れていた。殿下とそんな約束をしたことを。

忘れるほどに、ここでの生活は魅力的で、日々に満足していただけだ。

別に知らないままでもよかった。けど、心の奥底でホッとしている。ずっと自分は無能だと、お姉様の足を引っ張るだけだと思っていた。

そんな私でも……。

「聖女として誰かの役に立てていたんですね」

「ああ。君の存在が多くの人を幸福にした。君自身は対照的に、どんどん不幸な思いをしながら……ね」

「それでも……」

よかった。私がいる意味は確かにあったのだと。

今日までの日々が報われる。

「俺が君を選んだのは、見ていられなかったからというのもある。君は周りを幸福にするのに、君自身は幸福から離れてしまっている。それはあまりに不平等だ。誰かを幸福にしたのなら、君自身も幸福にならなければ釣り合わない。と、俺は思う。ようはただのおせっかいだ」

殿下は、自分が幸福になる道を諦めていた私を見て、手を差し伸べてくれた。

誰も、誰一人として、私を助けようとはしなかった。

罵り、見下し、蔑むばかりで。家族でさえ、私のことを踏み台にしていた。

それなのに殿下は、初めて出会ったばかりの私の気持ちに気づき、優しく手を握ってくれた。

見返りなど求めずに。

「どうして……そこまでしてくださるのですか？」

知りたいと思った。

これまでの言葉を全て思い返しても、彼の真意がわからない。

自らの力を政治に利用されたくなくて、陛下やお兄様の思惑から外れるために他国の婚約者を探していた。

私を選んだのは、境遇に対する同情や、地位や権力に固執しなかったから。だけど、それだけじゃない気がする。

利用するだけなら、こんなにも優しく接してくれなくてもいい。自らの秘密も隠して、私のことも教えず、狡猾に利用する方法はいくらでもあった。

殿下が私を選び、私に優しくしてくれる理由を教えてほしい。

私は視線で訴える。

「内緒だ」

殿下は穏やかに微笑む。はぐらかすように。

何か隠している理由があるのだろう。けれど教えてはくれない。

「……そう、ですか」

仕方がないと諦める。

そんな私に、殿下は照れくさそうに言う。

「恥ずかしいからな」

「え……？」

それはまるで、無邪気な子供の表情のようで。

穏やかで大人びた普段の殿下から想像できないような可愛い笑顔だった。

「いつか話すよ。必ずな」

「――はい」

殿下はずるい人だ。そうやってまた、私の心を引き込んでいく。

この人のことをもっと知りたい。

我がままに、そう思ってしまうほど、私の心は殿下を求め始めていた。


ゆったりとした時間は流れる。私が淹れたハーブティーも、三人で分けたらあっという間になくなった。

幸せな休憩時間も終わる。

「お邪魔したね。俺は執務室にいるから、何かあれば訪ねてくれたらいい」

「はい。ありがとうございます」

「感謝はこっちのセリフだ。とてもいい時間を過ごせた。また時間を見つけて、ゆっくりお茶でも飲みながら話そう」

「はい。その時はお菓子も用意します」

「お菓子も作れるのか？　それは楽しみだな」

殿下は嬉しそうに微笑む。改めてお菓子作りの勉強をしよう。殿下の笑顔を見て、彼をもっと喜ばせたくてそう思う。

「それじゃあ行くよ」

「はい。あ、殿下」

私は立ち去ろうとする殿下を呼び止める。

「なんだ？」

「さっきの話……」

「聖女の力のことか？　信じられない？」

「いえ！　殿下がそうおっしゃるなら、きっと間違いないと思います」

殿下の瞳は特別だ。彼の言うことには異様な説得力がある。本当のことだと信じた上で、一つだけ聞いておきたいことがあった。私は恐る恐る、殿下に尋ねる。

「私が奇跡を与えていたのなら、今頃……お姉様にはどんな影響が出ているのでしょうか」

「……気になるのか？」

「はい」

殿下は、私の力でお姉様の力が強化されていたと言っていた。ならば私が離れてしまった今は？

国を跨ぐほどの距離でも、私とお姉様の力関係は続くのだろうか。それとも……。

「君は優しいな」

そう言って殿下は呆れながら笑う。

「君が思った通りだよ。君たち双子の力は、互いに影響し合っている。だが距離が離れてしまえば、君の力はヘスティアには届かない」

「それなら今頃……」

「ああ、苦労している。もしくは、気づき始めた頃かもしれないな」

自分の力が弱まっていることに。と、殿下は続けた。

私は心の中で、やっぱりそうなのかと思う。

「本当に優しいな、君は」

「え？」

「心配なんだろう？　ヘスティアのことが」

「……気になりはします」

私がいなくなったせいでお姉様が苦労しているのだとしたら。

少なからず責任は感じる。それにちょっと怖い。気づいた時、お姉様が何を思うのか。

私のせいだとわかれば、きっといつもみたいに私を……。

「その優しさは美徳だ。けれどたまには厳しくあってもいいと思う」

「殿下？」

「姉妹なんだ。君がこれまで経験した苦労の、ほんの一部でも知ってもらうにはいい機会だ。それで反省するとは思えないが、いい薬にはなるだろう」

「……そう、ですね」

お姉様に、私の気持ちをわかってほしい。そう思わなかったといえば嘘になる。

殿下の言う通り、いい機会なのかもしれない。

これをきっかけに少しでも、お姉様が私に優しくなってくれたら……なんて、今さら遅い。

もう、私たちは遠く離れてしまった。

◇◇◇

ヘスティアは聖女として、王都でもっとも大きい教会で祈りを捧げている。

毎日決まった時間に訪れ、迷える者たちの悩みや苦しみに耳を傾け、祈りを捧げ奇跡を起こす。

聖女の存在は王国の宝であり、人々の心の支えでもあった。

どれだけ重い病も、聖女の力に頼れば解決する。治療法がない病が蔓延したとしても、聖女がいれば死ぬことはない。

そういう安心感を聖女は与えていた。

ヘスティアもそれを理解し、自分を求める人々の声に酔いしれていた。しかし、少しずつ状況は変わり始める。

「ありがとうございます！　聖女様」

「はい。神のご加護があらんことを」

　祈りを終えた一人が去り、ヘスティアはため息をもらす。

「聖女様、次の方がいらっしゃいます」

「あと何人いるの？」

「今の方で半数です」

「まだ半分？　今日はいつもより多いのね」

「いえ、人数は普段と変わりません」

　教会の神父がヘスティアに説明する。

　彼女はまだ気づいていない。

　自身の祈りの力が弱まっていることに。これまで以上に、一つの奇跡を起こすまでに使う時間が長くなっていた。

　加えて疲労感も増している。

　アストレアがいなくなり、彼女の力に頼れなくなったことで、日に日にヘスティアの力は弱まっている。否、本来の状態に戻っていた。

「やっと終わったわね……」

「お疲れ様でした。聖女様」

「ええ、帰るわ」

外はすっかり暗くなる。

いつもなら夕刻になる前には教会を出て、屋敷に戻れていた。

日に日に帰宅時間が遅くなっている。馬車に乗って屋敷に戻り、夕食の時間になる。

「ヘスティア、最近は帰りが遅いようだが？」

「心配しなくても大丈夫です。いつもより人が多いだけですから」

彼女は嘘をつく。悟らせないように。

「そうか。ならばいいが、薬学の勉強も忘れてはいないな」

「……もちろんです」

ヘスティアは表情を引きつらせる。

アストレアがいなくなったことで、ウィンドロール家で薬を作る者はいなくなった。

これまでヘスティアの成果にしていた影響もあり、未だに新薬の開発を求める声はある。

聖女として、期待に応えなければならない。これまで騙していたしわ寄せが、全てヘスティアに集まっていた。

「ご馳走様でした。お先に失礼いたします」

「ああ、しっかり休むといい。明日も早いのだろう？」

「はい」

ヘスティアは部屋を出る。

誰もいないことを確認して、ため息をこぼす。

「心配なんてしていない癖に」

彼女は悪態をつく。

アストレアが隣国の王子と婚約してから、当主である父、グランダはどっちつかずの態度をとっていた。

それが彼女にとっては腹立たしく、気持ち悪かった。

自分こそが一番だった彼女にとって、アストレアと比べられることなどあってはならなかった。

「言われなくてもやってあげるわよ。アストレアにできていたんだもの。私がやればもっといい薬が作れるわ」

そう、信じて疑わない。

自分の才能を、自分は選ばれし者なのだと。

それは事実である。しかし、才能ある者も努力をしている。

アストレアのように、地道な努力が成果に繋がることを彼女は知らない。

全て不出来だと思っていた妹に押し付けてきたから。

極論、ヘスティアは甘えていた。アストレアの存在に。そのことを自覚するまで……あまり時間はかからないだろう。

第六章

殿下と婚約し、国を出て一週間余りが経過した。新しい屋敷での生活にも徐々に慣れ始めた頃、私にとって一番の難所が訪れようとしていた。

「アストレア、今日の昼に父上のところに行くぞ」

「――！　殿下のお父様……国王陛下に謁見するのですね」

「ああ」

ついにこの時がきた。

そんな風に思ったのは、きっと私だけじゃないはずだ。

本来は婚約し、国に訪れた初日に挨拶を済ませるべき相手だった。けれど国王陛下はお忙しく、私が国にやってきた時には不在だったことを後から知った。

先延ばしにされていた陛下との顔合わせが実現する。今から緊張して、私はごくりと息を飲む。

「ただの挨拶だ。そこまで緊張する必要はないぞ」

「は、はい」

私の心情を察した殿下がそう言ってくれた。けれど緊張しないなんて無理だ。

ただでさえ他人と接するのは得意じゃないのに、他国の王様とお会いするなんて恐れ多いこと、緊張せずにはいられない。

上手く振る舞えるだろうか。交流が深いとはいえ、異なる国同士で文化や風習の違いがあって、気づかぬうちに失礼を働いてしまったらどうしよう。

そんなことばかり考えてしまう。何より、私は殿下の婚約者として挨拶をする。

殿下の婚約者、いずれ結婚するということは、私が王族の一員になることを示す。殿下曰く、国王陛下は合理的で国の利益を一番に考えているお方らしい。

私は示す必要がある。自分の価値を、殿下と共にいるだけの意味を。

「そう心配しなくてもいい。婚約の話は通っているし、今さら覆ることでもない」

殿下には私の内心が全てお見通しの様子だ。

恥ずかしさより、今は緊張が勝る。そんな私に殿下は言う。

「振る舞いが心配ならニーナに確認しておくといい。俺よりよっぽど礼儀作法には詳しいからな」

「はい。そうします」

「ではまた迎えにくる。それまでは自由にしているといい」

そう言って殿下は立ち去っていく。私は研究室で新薬開発の続きを……と思ったけど、気になって集中できそうにない。

「ニーナ、いくつか確認してもいいですか？」

「はい。もちろんでございます」

それから私はこの国での礼儀作法や文化について学んだ。

復習もかねて、この国の歴史についても教えてもらう。ニーナは殿下のそばでずっとメイドをしているから、国王陛下と関わる機会も少なくなかった。現国王の雰囲気や、考え方についても尋ねておく。

「ニーナから見て、国王陛下はどんなお方なんですか？」

「そうですね。私などが推し量るのは無礼だと思いますが、とてもまっすぐなお方だと感じます」

「まっすぐ……真面目なお方という意味？」

「それもありますが、態度や行動が一貫しておられます。一度決めたことは決して曲げず、己が正義、信念を貫き通す強いお方です」

よく言えば誠実な人で、悪く言えば融通が利かない人。ニーナは口を濁したけど、自分の価値観を曲げず、家族であれ贔屓せず公平に物事を判断されるお方だそうだ。

地位や名誉に固執はしないけど、無価値と判断した相手には興味を示さない。

自身や王国によって有益か無益か、それとも害ある存在なのか。

陛下の判断基準はわかりやすく、ある種残酷だという。

話を聞きながら緊張が増し、プレッシャーになる。贔屓しないということは、私が何者であるかは関係ないということ。つまり、私個人の価値次第で、陛下が私をどう見るかが決まってしまう。私はちゃんと受け入れてもらえるだろうか。

いつまで経っても自分に自信が持てない私は、不安を感じるばかりだ。

そうしているうちに時間は過ぎて……殿下が再び研究室にやってくる。

「アストレア、時間だ」

「はい」

私はごくりと息を飲み、殿下と共に研究室を出る。

ニーナはここでお留守番だ。彼女は丁寧にお辞儀をして私たちに言う。

「いってらっしゃいませ」

心配いりません、と言いたげに彼女は私を見て微笑んでくれた。

自信が持てない私にとって、彼女や殿下の言葉は勇気になる。少しだけ背中を押され、私は殿下の斜め後ろを歩きながら屋敷を出る。

何気に初めてだった。この国の城へ足を踏み入れるのは。王城の造りは私の生まれ故郷と変わらず、奇妙な懐かしさすら覚える。

一応聖女として生まれた私は、何度か王城に招かれる機会があった。

その時の記憶がよみがえる。正直あまりいい思い出ではないので、今思い出したくなかった。

いつも私の前をお姉様が歩き、声をかけられ応対するのはお父様とお姉様で、私はいないものみたいに扱われる。ある意味では気が楽だったと、今さらながらに思う。

王城の中を歩けば、嫌でも注目を浴びる。頭を下げられ、何度も見られている。あれがシルバート殿下の婚約者なのか、と。そんな声が聞こえてくるようで、落ち着かない気分だ。

「悪いな。見世物みたいになってしまって」

「い、いえ、大丈夫です」

「少しずつでいい。慣れてくれると助かる」

「はい」

そう、慣れないといけない。この国で、殿下の隣にい続けるためには。いい加減覚悟を決めよう。私たちはたどり着く。この城でもっとも高い場所にある部屋に。王が坐する玉座の間に。

「父上、シルバートです！」

「——入れ」

簡潔に一言ずつ、次の瞬間には扉が開き始めていた。

そうして開かれた先は、赤い絨毯が敷かれ、長く続く部屋の先に、数段上がった壇上でこの国の王は座っていた。空気が違う。玉座の間に入り、すぐにそう感じた。

警備する騎士、たたずむ使用人たちからもピリピリした空気を感じ取る。私は一瞬、入るのを躊躇った。

「大丈夫だ」

そんな私に小声で、シルバート殿下が呼びかけてくれる。最後に一番の勇気を貰い、私は殿下に続いて前へと進むことができた。

赤い絨毯の上を歩き、殿下が立ち止まる。それに合わせて私も立ち止まり、令嬢らしく振る舞う。

「お時間を頂きありがとうございます。父上」

殿下も頭を下げている。私もまだ顔を下げ、陛下の顔は見ない。

「顔を上げよ」

陛下の声を聞いてようやく、私たちは顔を上げ、陛下のお顔を見る。

逞しく立派な髭と、白髪が混ざった灰色の髪。鋭い目つきに一瞬ビクッとしてしまったけど、どことなく雰囲気がシルバート殿下に似ていた。当たり前なことだ。なぜならお二人は親子なのだから。シルバート殿下に似ていると思ったおかげか、少しだけ緊張が和らぐ。

殿下が私を陛下に紹介する。

「父上、彼女がアストレア、私が婚約者に選んだ女性です」

陛下の視線が私に向けられる。次は私の番だ。

「初めまして、ベスティリア国王陛下。お会いできて光栄でございます」

「私も会えて嬉しく思う。アストレア・ウィンドロール、史上初めて誕生した双子の聖女の片割れ、で間違いないな？」

「——はい」

当然、私がどういう人間かも陛下は知っている。陛下の私を見る目は、まるで商品を品定めしているように思えて、少し怖かった。

聖女という商品が二つ並んでいたら。私は不良品として捨てられてしまうだろうと思ったから。

「アストレア」

「は、はい！」

「シルバートの婚約を受け入れてくれたこと、王として、父として感謝する。シルバートは私に似て頑固だった故、これまで用意した縁談は悉《ことごと》く断っていた。成人を超え、王族として将来を見据えなくてはならぬ時に、私も苦労していたのだ」

「い、いいえ！　私のほうこそ、殿下と婚約できたことは至上の喜びにございます」

あれ、なんだか思っていたより人間味があるというか。雑談に近い会話が続いたことに驚く。

父として、という言葉が聞こえた時、私の緊張はさらに和らいだ。純粋に父親として、息子の婚約を喜んでいるのだと思った。けれどすぐに、陛下の雰囲気が変わる。

「だが、私は少々疑問を抱いている」

「――――！」

「シルバートが選んだ相手だ。その眼に見定められたのなら、間違いはないだろう」

「……」

隣で殿下は無言。当然、殿下の特別な眼のことを陛下は知っている。

あらゆるものの真実を見抜く眼の前では、嘘偽りは通用せず、誰もが心の奥底まで丸裸にされてしまう。

その殿下が選んだ相手なら、相応の価値があるのだろうと。たとえ、双子の聖女の、落ちこぼれの妹と呼ばれている相手であれ。陛下の視線が、態度が、そう問いかけているように見えた。

「生憎《あいにく》、私の目に君はあまりに普通に見える。王族の一員として、いずれ王子の妻となる女性として、君が相応しいかどうかを問いたい」

「父上、私が見て決めた相手です。父上がおっしゃったように間違いはありません。彼女には、私の隣に立ち、この国を支えるだけの力があります」

　助け船を出すように、殿下が国王陛下に説明してくれている。少し焦っているようにも見えた。余裕のない殿下は初めて見る。殿下の瞳は、国王陛下が何を思っているのかを見据えているのだろう。眼帯で瞳を隠しても、相手の感情は読み取れると言っていた。そんな力がなくとも、私にも陛下が何を思っているのか予想がつく。

　疑問、疑念だ。出来損ないの聖女でしかない私に、王族の一員になる価値があるのかどうか。

「それを理解した上での問いだ。私はお前の眼を信用している。だが、その眼で見たものをどう伝えるかはお前次第だろう」

「……」

　それはまるで、殿下の眼だけを信じ、殿下の言葉を信じていないような言い回し。

　殿下も沈黙する。基準は王国にとっての利益になるかどうか。身内贔屓もせず、差別もない。ただ純粋に、その眼で価値を見定める。これがベスティリア王国の国王……この国を背負う人物。

「アストレア、君は薬学にも精通しているようだな」

「はい」

「その知識、力には期待している。必要な時は頼らせてもらう」

「父上、彼女は私の婚約者として招いたのです。薬師として招いたわけでは――」

「わかりました」

殿下の言葉を遮るように、私はハッキリと声に出す。

「アストレア？」

少し驚き、心配そうに視線を向ける殿下に、私は精一杯の笑顔を見せる。

安心してほしくて。無理なんてしていないと伝えたい。

「私にできることであれば、いつでもおっしゃってください。この国の、殿下のお役に立てるのであれば、それこそ私にとっての誉れでございます」

嘘偽りはない。私は心からそう思っている。たとえ国のために利用されているだけでも、私は構わないと思った。これまで無自覚に搾取され、努力は報われず、注目もされず、独りぼっちで生きてきた私にとって、この国での暮らしは天国のようだ。

私のことを気遣ってくれる人がいる。成果を認め、努力を褒めてくれる人たちがいてくれる。それだけで私は頑張れる。期待してもらえる喜びを私は知ったから。

「アストレア……」

「そうか。ならば、今後の君に期待しよう」

それは陛下から初めて、私個人に対する期待を示す言葉だった。

私の返答は、陛下が求めるものに近かったのだろう。この時、私は陛下にこの国の人間として、殿下の婚約者として認知してもらえた。

「はい！　少しでも殿下の力になれるよう努力いたします」

誰かのために頑張れることを、私は幸せに思う。

◇◇◇

「ありがとう」

玉座の間からの帰り道、ふいに少し前を歩く殿下がぼそりと呟いた。私は何のこと、と首をかしげる。殿下は振り返らず、その続きを話す。

「父上の質問に答えてくれたこと、改めてお礼を言いたかったんだ」

「私はただ、心に思ったことをお答えしただけです」

お礼なんて言ってもらう必要なんてない。

むしろ感謝ばかりしているのは私のほうで、少しでもこの気持ちをお返しできればといつも思っている。どんな理由であれ、殿下の役に立てるのなら、私の心は迷わないだろう。

「だからこそ嬉しかった」

「殿下？」

「俺の眼は眼帯越しでも感情が見える。君が……本心からそう思ってくれているのが伝わった。だから……ありがとう」

「殿下……」

殿下は私の前を歩いていて、まっすぐ前を向いたまま話していた。

一度も振り向かない。どんな顔をされているのか気になったけど、覗き込むのは失礼だと思って控えた。嬉しそうにしてくれていたら、私も幸せだ。

いつか、今の言葉をまっすぐに向き合いながらかけてもらいたい。

そうしてもらえるように、殿下の信頼を少しずつ勝ち取っていこうと思う。

◇◇◇

陛下との顔合わせから一週間。今日は殿下と二人で、午後にお茶会をすることになっていた。前々からしたいと話していて、ようやく予定が空いた。殿下はお忙しいから、午後のひと時を一緒に、のんびり過ごすことも貴重な時間だ。私はキッチンで仕度を済ませる。

「手伝ってくれてありがとう、ニーナ。おかげで上手くできました」

「いえ、私は指示に従ったまでです。アストレア様の手際のよさには、改めて感服いたします」

「ありがとう」

お願いしたことにテキパキ反応して動いていたニーナに比べたら、私の手際なんて遅い方だと思うけど。

ここは素直に言葉を受け取ればいい。少しずつ、褒められた時にどうすればいいのかわかるようになってきた。

ニーナと一緒に淹れた紅茶と、上手に焼き上げたクッキーを盛りつけ、プレートに載せる。

「私がお運びいたします」

ニーナに運んでもらい、庭にあるテラスへと向かった。

眠れなかった夜に、殿下と二人で語り合った思い出の場所だ。昼間に訪れるのは今回が初めてで、なんだか新鮮な気分になる。

ニーナがプレートを置き、お茶とお菓子を並べてプレートを下げる。

「では、私はこれで失礼いたします。屋敷におりますので、何かあれば呼んでください」

「ありがとう。でもよかったんですか？　せっかくだからニーナも一緒に」

「いえ、ここから先はお二人のお時間です」

ニーナは首を横に振った。

「お気持ちはとても嬉しいです。どうか存分にお楽しみください」

「……ありがとう」

「はい。では失礼いたします」

彼女は丁寧にお辞儀をして、屋敷のほうへと去っていく。

この屋敷に来て、彼女と過ごす時間が一番多くなり、少しずつ会話にぎこちなさもなくなってきた。彼女はいつも私に敬意を表し、丁寧に接してくれる。

仕事だからだとしても、私は嬉しかったし、もっと仲良くなりたいと思った。

小さな気遣いに感謝しながら、次は彼女も一緒にお茶会をしたいと心に思い、説得する方法を考える。すると入れ替わりで、足音が近づく。

「待たせてしまったかな」

「殿下、いえ、私もつい先ほど来たばかりです」

「そうか。ならよかった」

まるで恋人同士みたいな待ち合わせのセリフを交わす。私たちはテラスの椅子に腰かけ、向かい合う。

「これもアストレアが作ってくれたのか？」

「はい。ニーナに手伝ってもらいながらですが、上手く焼けました」

「美味しそうだな。さっそく一つ頂いてもいいか？」

「はい」

緊張の瞬間だ。殿下は盛りつけられたクッキーを手に取り、口へ運ぶ。サクッと音がして、反応を待つ。

「美味しい」

その言葉を聞いてホッとする。自分では上手く焼けたと思って、味見もしていた。

ニーナも大丈夫だと言ってくれていたけど、こうして直に声を聞くまでは少し不安だった。

不安は一瞬で消えてなくなり、清々しい風が私たちの間を吹き抜ける。

「今日は風が気持ちいいな」

「そうですね。お天気もいいです」

他愛ない会話をしながら、殿下は紅茶を一口飲む。

「これも美味しい。スッキリする味だな」

「紅茶にハーブを二種類混ぜています。最近は少し冷える日が続いたので、身体が芯から温まる効果があるんです」

「そうか。だから温かいのか」

ほんのり殿下の頬が赤くなる。いつもより幸せそうな微笑みに、思わずドキッとする。

紅茶の効果でしかないけど、まるで私を見てドキドキしてくれているように見えて。

「気に入っていただけたなら嬉しいです」

「――ああ、また飲みたいと思える」

「言っていただければいつでもお淹れいたします」

思わず自然に笑みがこぼれる。殿下と婚約して、この屋敷に来て、私は少しずつ自然に笑えるようになっていた。その変化に自分でも気づく。

気持ちが晴れやかになると、言葉や表情も明るくなるのだと知った。

今までずっと、私の心には雨が降っていたのだろうか。今は雲が消え、この綺麗な青空のように澄み渡っている。

最高に幸せで、こんな時間がずっと続けばいいのにと、私は期待する。

◇◇◇

私はいつものように研究室で過ごす。この屋敷にやってきて一か月が過ぎ、生活にも慣れ落ち着いてきた。殿下との交流も回数が増えている。

最近は三日に一度くらいのペースでお茶会を開いていた。

「次のお茶会はニーナも一緒にいてほしい」

「かしこまりました。アストレア様と殿下がお許しいただけるのであれば」

二回目以降は何度か、ニーナもお茶会に参加してくれている。

使用人としての立場もあって、一緒に座って仲良くお茶を飲む、というのはなかなか難しい。

いつかは遠慮なく、友人のように談笑できたらいいなと密かに思っていた。今はまだ、参加してくれるだけで十分だと思おう。トントントン——

「俺だ。入ってもいいか？」

殿下の声が聞こえた。私はどうぞと答え、扉が開く。いつものように様子を見にきてくれたのだろうか。そう思ったけど、なんだか少し困っているように見えた。

「急にすまないが、今日ここへ来客がある」

「殿下にお客様が来られるのですか？」

「ああ、一応はそうなってはいるが、目当ては俺というより君だと思う」

「私？」

私を目当てに来客……一体誰だろう？

思い当たる人物はいるけど、殿下の反応的に違うような気がした。もしもそうなら、もっと真剣で厳しい表情をすると思うから。殿下は小さくため息をこぼしながら続ける。

「応対は俺がする。なるべく早く用件を済ませるが、もし先に出くわすようなことがあれば、遠慮せず俺を呼んでほしい」

「わかりました」

殿下の反応を見ながら、一体誰なのか余計に気になる。

私は素直に尋ねることにした。

「どなたかお聞きしてもよろしいですか？」

「……ラインツ・フロイセン」

その名を私が知らぬはずはなかった。ううん、私の国で生まれた人間なら、たとえ王都の外にいようとも一度は耳にするだろう。フロイセンとは王国の名前だ。

家名に王国の名が入っているということはすなわち、王族の一員であることを示す。

ラインツ・フロイセン。それは、私の生まれ故郷の――

「第一王子……様？」

シルバート殿下と同じ、けれど違う王子様がやってくる。私を目当てに？

一抹の不安が過る中で、殿下は職務へと戻った。私は新薬作りを続ける。どこか集中力を欠き、午後は休憩と称して書斎で本を読む時間にした。ニーナも私の研究を手伝ってばかりだと、他の仕事ができなくて大変になる。だからこうして、一人になる時間を作り、その間にニーナもメイドとしての仕事に取りかかる。

今日はいい天気で、風も穏やかだった。窓を少しだけ開け、外の空気を入れながら読書をする。

ふいに強い風が吹く。めくっていたページがパラパラと先のページを開いてしまう。

窓のほうを見ると、なぜか窓が全開になっていた。私が開けたのはほんの隙間だけ。今の風で開いたとは思えない。私は窓を閉めようと立ち上がり、窓へと近づく。

「さすがに姉妹、よく似ているね」

風がもう一度吹き、カーテンがなびく。一瞬だけ視界が塞がり、次に開けた時には、窓の縁に一人の男性が腰かけていた。

見間違えなどない。綺麗な黄金の髪と、透き通るようなエメラルドグリーンの瞳。胸には懐かしき国の紋章が刺繍されている。私は思わず口にする。

「ラインツ王子？」

「こうして顔を合わせるのは初めてだね？　アストレア・ウィンドロール。僕の国から旅立ったもう一人の聖女さん」

彼はニコリと微笑む。妖艶で、つかみどころのない雰囲気の彼は、笑顔も少し変わっていた。

彼は窓から中へと入ってくる。

「顔と身体はそっくりだ。けど雰囲気は違う。姉のほうに比べると、君は少し地味だね。こんなに近くで見るのは初めてだけど、双子だからといって全て一緒じゃないんだ。驚いたな」

私を見ながら歩み寄る。どうして王子が窓の外にいて、中に入ってきたのか。

殿下とはすでにお会いしたのか、どういう関係なのか。浮かび上がる疑問で、上手く反応が返せない。私は後ずさる。

「僕の親友から君の話を聞いた時は驚いたな」

「親友……？」

「そうだよ。君の婚約者、シルバートは僕の親友だ。だから僕は、彼が選んだ君にとても興味がある」

王子は私の手を引き、下がろうとした私を引っ張り戻す。身体が、顔が近づく。あと少し踏み込めば、唇が触れ合う。

「教えてくれないか？　君にどんな魅力があるのか。彼が惹かれた理由を」

そう言って王子は、おもむろに顔を近づけていく。思考がぐるぐる回る。上手く考えられない頭で、必死に答えを探そうとする。

相手は母国の王子様だ。失礼をしてはいけない。そんなこと、わかった上で身体は拒否する。

「い、嫌――」

「俺の婚約者をイジメるな」

そこへ、殿下の声が響く。王子はピタリと止め、悪戯な笑みを浮かべる。

「やっと僕を見つけてくれたね、シルバート」

「お前は正面から入ってくることができないのか？　ラインツ」

二人の王子は顔を合わせる。

一人は笑い、一人は苛立ち呆れながら。一見して修羅場のような光景に、私の思考だけが迷子になっていた。

「いい加減その手を離したらどうだ？　彼女が困っているだろう？」

「そうかな？　僕には喜んでいるように見えるけど？　どうかな？　アストレア」

「え、あ、えっと……」

嫌です、とはさすがに言えない。私はまごまごしながら返答に困る。すると殿下が呆れながら、少し怒ったような表情で言う。

「俺の婚約者をからかうな。そろそろ本当に怒るぞ」

「おっと、それは嫌だな。僕の親友は怒ると凄く怖いんだ。君も気をつけたほうがいいよ」

そう言いながら王子は私の手をそっと離した。

「安心しろ。俺を怒らせるのは今も昔もお前一人だ」

「光栄だね」

王子はニコッと微笑み、殿下は三度目の呆れた表情の後で微笑む。

なんだか通じ合っているように見える二人。友人らしいやり取りを前に、フロイセン王国とベスティリア王国は、王族同士も仲がいいという話を思い出していた。

どこまで事実か確かめる術がなかったけど、ようやくハッキリする。

「来るならもっと早く教えてくれないと困るぞ」

「ごめんね、急に会いたくなったんだ。婚約を決めたって聞いていても立ってもいられなくてさ」

「お前には婚約前に伝えただろう」

「聞いていたよ？　だから自分の眼で確かめたくなったんだよ」

この二人のやり取りは、紛れもなく友人のそれだった。

友人の少ない私でも、二人の仲の良さがわかる。

なぜなら殿下が自然体で接しているから。特別な瞳のせいで、他人を信用できず、常に一線を引きながら接している殿下が、ラインツ王子の前では気を張っていない。

それがわかったから、あの噂は事実なのだと確信した。ラインツ王子が私に視線を向ける。

「改めてこんにちは、ラインツ・フロイセンだよ」

「は、初めまして！　お会いできて光栄です。ラインツ王子」

「そう硬くならなくていいよ。今日はお忍びで、彼の友人として遊びに来ただけだからね」

そう言われても、緊張してしまうのは当然だろう。

王子様が二人、目の前にいる。私だけが場違いみたいで落ち着かない。

「本当に婚約したんだね、シルバート」

「すると話したはずだぞ」

「知っているよ。でもやっぱり意外だなー、君は運命とか筋書きには否定的だったのに。やっぱり君でも運命の人には惹かれるのかな？」

「運命の……？」

「ラインツ、あまりペラペラとしゃべるな」

「おっと、この話はデリケートだったね」

二人だけが理解できる話をされて、私はキョトンと首をかしげる。

運命の人とか、筋書きだとか。王子は殿下の眼について知っている様子で、そのことについて話しているように聞こえる。だとしたら運命の人というのは……。

「アストレア、場所を変えよう。ニーナと話して、お茶の用意をしてもらえるか？」

「は、はい」

「もし君が嫌じゃなければ、またあの紅茶を淹れてほしい」

「もちろんです。ご用意いたします」

疑問は浮かんだけど、殿下に求められた嬉しさで心がいっぱいになった。それから私は先に書斎を出る。

◇◇◇

「婚約者にお茶の準備をさせているのかい？」

「彼女が進んでやってくれているんだ。彼女の淹れてくれる紅茶は格別だぞ？」

「へぇ、楽しみだな～それにしても、随分と仲良くやっているみたいだね」

二人きりになり、ラインツは壁にもたれながら笑みを浮かべる。

「あの子が、君が見た未来で、君が心から愛している相手なんだよね？」

「……そうらしい」

「他人行儀だな」

「実際まだそこまでの関係じゃないからな」

「そうかな？　さっき僕が彼女に触れたら、見るからに不機嫌になっていた癖に」

「……」

図星をつかれたシルバートはムスッとして目を背ける。それが微笑ましくて、ラインツは笑う。

「恋とか愛に興味がない。一生縁がないとか言っていた君が、一人の女性に惹かれ始めている……親友として見守らずにはいられないね」

「余計なことを言わないでくれよ。彼女にはまだ、俺が見た予言のことは伝えていないんだ」

「みたいだね？　そんなに恥ずかしいのかい？　いいじゃないか、彼女も君のこと、随分と信頼しているように見えたよ」

「そうだろうか」

「わかっている癖に」

ラインツの悪戯な笑顔に、シルバートはため息をこぼす。彼の持つ特別な眼は、眼帯で隠していても、相手の感情を把握する。故にわかっている。

アストレアが好意を抱いてくれていることも。

「……彼女はわかりやすいからな」

「そこも魅力的なんだろう？」

「わからない。俺はそういう気持ちには疎い」

「頑固だな〜認めてしまったらスッキリするのに、いや、恥ずかしがり屋なだけか」

アストレアがシルバートに好意を向けるように、彼もアストレアに惹かれ始めていた。

自覚はしている。予言で見た自分の未来と、少しずつ表情が重なっていくことに気づいていた。

「……ラインツ」

「なんだい？」

「俺は彼女に……求めてもいいのだろうか」

「いいと思うよ。互いに惹かれ合っているのなら、迷うことなんてないさ」

シルバートが他人との関わりを避ける理由。嫌な感情が見えてしまい、相手の思惑が見え透いてしまうから……だけではない。心が見える。心意が伝わる。好意も、悪意も、簡単に移り変わることを知っている。

特別な眼を持っている故に、シルバートは関わることを恐れていた。惹かれているからこそ、好きになった相手に、拒否されてしまうことが怖くて。

「心配いらないよ。君はもう知っているはずだ。君が求める未来は、すぐそこにあるって」

「……ああ」

良くも悪くも、彼の人生は特別な眼に翻弄されていた。それを疎ましく思ったことは多々ある。

「こんな眼など、捨ててしまいたいと何度も思ったんだがな……今ほど、あってよかったと思うことはないな」

「ははっ、どっちが乙女なのかわからなくなるね」

「……まったくだ」

呆れたようにシルバートが笑う。彼は思いもよらなかった。よもや自分が、誰かの思いにドキドキしたり、悩んだりすることに。

彼もまた、恋を始めていた。

第七章

ガタンゴトンと車内が揺れる。綺麗に舗装された道でも、石や凹凸に車輪がかかると大きく揺れることがある。長時間乗っていると足や腰が痛くなってくるのだけど、今はそんなこと考える余裕もなかった。

　私と殿下を乗せた馬車は王城を出発し、街をいくつも越えて、国境を越える。

「緊張しているか？」

「……はい。少し」

　今から緊張していては身体がもたないぞ、と言われると思っていた。けれど殿下は優しく、仕方がないと一言口にする。もう二度と、戻ってくることはないと思っていた。

　足を踏み入れるにしても、もっと先の未来で、記憶が思い出に変わった頃になろうだろうと。予想よりも早く、この時がやってくる。私たちを乗せた馬車は国を越え、フロイセン王国の王都へとたどり着く。

「……戻って……きたんだ」

　私はぼそりと口にした。

　生まれ故郷、これまでの人生の大半を過ごした場所。いい思い出より、嫌な思い出ばかりが残っているこの地に、私は戻ってきてしまった。正直に言おう。あまり気乗りはしていない。

可能なら、殿下のお屋敷で留守番していたかった。けれどそれはできない。

なぜなら今日の催しは、ラインツ王子から直々のお誘いなのだから。

◆◆◆

「いやー美味しい！　こんなにも美味しい紅茶は初めて飲んだよ！」

殿下にお願いされ、私はラインツ王子に紅茶を振る舞った。ラインツ王子は少し大げさな反応を見せ、楽しそうに紅茶を飲む。彼の視線が私に向く。

「これ、本当に君が淹れたのかい？」

「は、はい」

「凄いな。聖女っていうのは紅茶を美味しくする力もあったりするのかな？」

「え、それは……」

反応に困る。なぜなら、あながち間違ってもいないからだ。

さすがに殿下じゃあるまいし、私自身ですら知らなかった聖女の秘密を、ラインツ王子が知っているわけがないけど。私が困っていると、シルバート殿下がため息をこぼして言う。

「それを飲んだら帰ってくれよ。こっちもそれなりに忙しいんだ」

「つれないな～せっかく親友がはるばる国境を越えて遊びに来てあげたっていうのに」

「もっと早く連絡をよこさなかったお前が悪い」

「あれ？　早めに予定を教えたらちゃんと時間をくれたのかい？　優しいなー、シルバートは」

ラインツ王子は笑いながらそう言った。彼の言葉や態度は、まるで羽が生えたように軽くて薄っぺらい。本心が見えず、何を考えているのか……少なくとも関わりの薄い私にはさっぱりだった。シルバート殿下は呆れながらやれやれと首を振る。

「別に遊びにきただけってわけじゃないんだよ」

ラインツ王子は紅茶を飲み切り、ご馳走様と言ってカップをテーブルに置く。

「ん？」

「ちゃんと目的はあったんだ。今度のパーティーに、二人を招待しようと思ってね」

「パーティー？」

首をかしげた殿下だったけど、すぐに何かに気づいた様子。二人は目を合わせる。

「お前の誕生パーティーの時期か」

「正解！　覚えていてくれて嬉しいよ」

私も遅れて思い当たる。そういえば毎年この時期に、ラインツ殿下の誕生パーティーが王城の会場で開かれていた。名のある貴族たちも参列し、大々的に祝福される。

もちろん、ウィンドロール家にもお誘いはあった。ただし私は、一度も参加したことがない。いつもお姉様とお父様の二人で、そういう大事なパーティーには参加するからだ。

ラインツ王子は私に視線を向け、ニコリと微笑みながら言う。

「親友の婚約者として、今年は君も参加してほしいな」

「私も……参加してよろしいのですか」

「もちろんさ！　シルバートと一緒に、僕の誕生日をお祝いしてくれると嬉しい」

彼は無邪気に笑う。こうして直接、私のことを誘ってくれたのはラインツ王子の優しさなのだろうか。嬉しいと思う反面、少し不安だった。

ラインツ王子の誕生パーティー、会場はもちろんフロイセン王国の王城。そして参加者は名のある貴族たち。当然、ウィンドロール家の二人も参加するだろう。

私がパーティーに参加すれば、嫌でも顔を合わせることになる。もう二度と会うことはないかもしれない……そう思っていた相手に。

「アストレア、気が進まないなら無理をする必要はないぞ」

「殿下……」

「君の不安はわかる。せっかくこちらでの生活に慣れてきたんだ。今回は不参加でも、誰も君を責めたりしない。そうだろう？　ラインツ」

「うーん、僕としては残念だけどね？　本気で嫌がっている子を無理やり招待しても楽しめないから、それは仕方がないかな」

そう言いながらも表情は残念そうだった。どこまで本心なのかわからない。けれど、わざわざ国を越え、招待してくれたラインツ王子に……シルバート殿下にも申し訳ないと思った。

それに……。

「いえ、参加させていただきます」

「アストレア」

「ご心配いただきありがとうございます。私は大丈夫です」

お姉様のこと、気にならないと言ったら嘘になる。聖女の秘密を知った今、お姉様がどうしているのか。直接会い、確かめてみたいという気持ちも少なからずあった。

「やったね。じゃあ待っているよ。僕の城で」

「――はい」

◆◆◆

「まったくあの男は、こちらの都合を考えもしないな」

「それだけ殿下のことを信頼なされている……と思います」

「信頼か」

シルバート殿下は小さく微笑む。

「俺たちに申し訳ないから、断れなかったか？」

「あ、いえその……それも少しあります」

殿下に隠し事はできない。正直に答えてから、続きを話す。

「ですがそれと同じくらい、気になっていました」

「……姉のことか？」

「はい」

彼女は今、どうしているだろうか。私と離れたことで少なからず聖女の力に影響は出ているはずだ。苦労しているだろうか。それとも案外、気にせずいつも通りに日々を送っているだろうか。

私は一体、どちらを期待している？

自分でもなかなか、心というものは上手く把握できない。

「そう考え込むな。困ったら俺の背中にでも隠れればいい」

「殿下？」

「ふっ、安心しろ。俺にはこの眼がある。君に危険は訪れない」

「ありがとうございます」

殿下の励ましで背中を押され、少しずつ緊張が払拭されていく。

気休めでも、彼の言葉は強く響く。そうだ。私はもう、無能で役立たずな聖女の片割れじゃない。ベスティリア王国の第二王子、シルバート殿下の婚約者として参加するんだ。

殿下に恥をかかせないように、堂々としていよう。

「よし」

小さな声で気合を入れて、ぎゅっと握りこぶしを作る。そうこうしているうちに馬車は王都を抜け、王城の敷地内へと入っていた。見慣れた景色が広がる。

不思議なことに、あまり懐かしさは感じない。むしろ悲愴感に似たものが心に降りかかる。

緊張はそれなりにほぐれた。

期待はなく、不安はある。馬車の揺れが収まり、到着したことを景色が知らせる。

「行こうか」

「……はい」

馬車を降りる。いよいよ私は、再びこの場所へと踏み入った。

フロイセン王国の王城。幾度か聖女の片割れとして、陛下に謁見する際に訪れて以来だろう。

そこまで思い入れが深いわけではなく、ただただ大きく聳え立つそれに、嫌な圧迫感を覚える。

私は殿下と共にパーティー会場へと入る。するとすでに、国中から集められた貴族たちが談笑していた。

その数に圧倒される。広々とした会場が、人の波で埋まりそうな勢いだ。

「凄い人……ですね」

「毎年こんな感じだぞ。参加するのは初めてだったか？」

「はい。いつもはお姉様とお父様が参加されて、私は屋敷で留守番していました」

「そうか。だから一度も見かけなかったのか」

殿下は軽く納得して頷く。もしも私がこのパーティーに参加していたのなら、もっと早く殿下と出会うことができていたのだろうか。

なんてことを考えていると、周囲の貴族たちが殿下の存在に気づいた。

「これはこれはシルバート殿下！」

「ようこそ我らがフロイセン王国へ！　今年もいらしてくださったのですね」

「ああ、ラインツ王子から誘われて、今年も参加させてもらうよ」

あっという間に殿下の周りには人だかりができる。

さすが隣国の王子様だ。この国の貴族たちとも顔見知りで、気づけば多くの貴族たちが挨拶に近づいてくる。そうして一人が、私の存在に気づく。

「――殿下、お隣の女性は」

「ああ、私の婚約者だよ」

尋ねた貴族の男性は眉をぴくっと動かし反応する。

「アストレアだ。君たちの国出身だから、私より知っている者は多いだろうね」

「ウィンドロール家の聖女様ですね。もちろん存じております」

周囲からひそひそ声が漏れてくる。

「あの噂は本当だったのか」

「まさかシルバート殿下が聖女の落ちこぼれのほうを選ばれるとは……どういうお考えだ？」

「わからんよ。ただ……これで無下には扱えん」

「ああ、我々も態度を改める必要がありそうだな」

彼らがよく知っているのは私ではなく、お姉様のほうだろう。

この国を代表する聖女はお姉様で、私は何の取り柄もない落ちこぼれだった。

皆、そのことをよく知っている。誰もが私のことをあざ笑い、馬鹿にしていたのだから。けれど今は、状況がくるっと変わった。シルバート殿下と婚約したことで、二カ国を結ぶ重要な人物となった私に、彼らは目を光らせる。

「こうしてお話しするのは初めてですね。アストレア様」

「ベスティリア王国での生活はいかがですか？　何かお困りのことがありましたら、私どもにもぜひ相談してください」

「あ、ありがとうございます」

一瞬で私の周りにも人だかりができる。私が殿下の婚約者であると改めて認識した途端、私への態度が変わった。こんなにも積極的に話しかけられた経験は初めてだ。彼らが見ているのは人柄ではなく、立場や権力だけなのだと明白にわかってしまう。

ある意味では貴族らしい。おかげで認められた気にもなれず、ちっとも嬉しくない。

（殿下は……）

私と殿下、それぞれに人の波ができてしまっている。押し寄せるようにどんどん次の人が話しかけにきて、もう収拾がつかない。殿下とも距離が離れてしまった。不安が心に過る中、不自然に周囲がざわつき出す。

出来上がっていた人の波が、徐々に左右へと移動していく。まるで何かを避けるように。その理由はすぐにわかった。

「随分と人気者になったわね」

「――！」

その声を聞いた。姿を見た。雑踏の中にあっても、私は彼女を見逃さない。お互いに見えない引力で引かれ合うようにして、私たちは再会を果たす。

「お姉様……」

「久しぶりね？　アストレア」

覚悟はしていた。この国に戻ってきた時点で、こんなに大きなパーティーで出会わないはずがない。必ず顔を合わせる。お姉様のことだから、私を見つけて悪態をつくだろうと予想もできていた。

それでも、顔を合わせた瞬間はビクッとして、背筋が伸びる。嫌な光景が、思い出がよみがえる。無意識に引き戻されるようだ。シルバート殿下の婚約者から、無能な聖女の片割れに。

「意外だわ。アストレアもこのパーティーに参加していたのね」

「……はい」

「一人で来るなんて寂しい子ね」

「……一人では、ありません。シルバート殿下もいらっしゃっております」

恐る恐る答える。お姉様は明らかに不機嫌な顔をして私のことを睨む。険悪な雰囲気だ。周囲の貴族たちも察して、徐々に距離を置き始める。

人だかりができていた私の周りが、いつの間にか静かになっていた。代わりに皆、殿下のほうへと向かったのだろう。視線の端っこで人の波ができている。

「そのシルバート殿下はどこにいらっしゃるのかしら？　見たところ一緒ではなさそうだけど？」

「殿下は、皆様とのお話で忙しく」

「あら可哀想。あなたは放置されちゃったのね」

「……」

お姉様はクスクスと笑う。

屋敷で何度も見せられてきた私をからかう時の表情だ。気持ちが落ち込み、逃げ出したくなる。

それでもぐっと堪える。

「お父様はいらっしゃらないのですか？」

「あの人は今回は不参加よ。家のお仕事で忙しいの」

あの人……？

お父様のことをあの人と呼んだことは、今まで一度もなかった。二人の関係に何らかの変化があったのだろうか。あまりいい変化には思えない。

「違う国で暮らすのはどう？　大変でしょう？」

「そんなことは……」

「大変なら戻ってきてもいいのよ？」

「……え？」

思わぬ一言に困惑する。お姉様の口から、戻ってきてもいいなんて言葉が聞こえてくるなんて思わなかった。戸惑う私に、お姉様は笑みを浮かべながら言う。

「私も悪魔じゃないわ。妹が辛い思いをしているのに放っておけないのよ」

「辛い……？」

どうしてそう思うの？

「不相応な期待をされるのは大変でしょう？　どうせ向こうでも期待に応えられず、落ちこぼれ扱いされていたんじゃないのかしら？」

ああ、そうか。私は察する。

「仕方ないわよね。あなたは聖女としては何もできないもの。取り柄なのは薬作りだけかしら？それだって薬師に任せれば済む話だものね」

「……」

双子だからかな？

お姉様が考えていること、思っていることが透けて見える。

少しの間距離を置いていたから余計にハッキリと。お姉様は私のことを心配しているわけじゃない。認めたくないんだ。

私がシルバート殿下に選ばれたことを。全ては嘘偽りで、シルバート殿下の見込み違いだったと思いたい。だからこんな誘導するような話し方で、私が頷くのを待っている。

「……こんなにもわかりやすかったんだ」

「――？　何か言ったかしら？」

気づかなかっただけなのだろう。

変に萎縮して、目を逸らしていたから。でも今は、引け目を感じたり、自分が劣っていると思うのは止めよう。私が落ち込み下を向いていたら、私を選んでくれたシルバート殿下が間違っていたと思われてしまう。そんなのは嫌だ。

「心配してくれてありがとうございます、お姉様。でも大丈夫です」

　だから私は全力で、お姉様の勘違いを否定する。なるべく明るく笑顔を見せて。

「シルバート殿下はとても優しいお方です。一緒に暮らしている方々も含めて、とてもよくしていただいております。不便や不満なんて感じることはありません」

「……そう思わされているだけじゃないかしら？　無理しなくていいのよ？」

「無理はしておりません。今日までとても幸せです」

「っ……そう。よかったじゃない。あなたみたいな落ちこぼれを拾ってくれる優しい国があって」

　お姉様は苛立ちを見せ、いつものように私を見下す。

「本来ならこんなパーティーにも参加できなかったものね。シルバート殿下に運よく拾われたおかげで、随分といい生活ができているみたいじゃない」

「――はい」

　なぜだろう。

　お姉様の悪態も、今は空しく見えてしまうのは。

「殿下との出会いは、私にとって一生の誉れです。お姉様にも、素敵な相手と巡り合える日が来ることを祈っております」

「――――！」

少し前までの私なら絶対に口にできなかった。お姉様を心配する……ううん、あざ笑うかのような煽りを。

その結果なのだろう。シルバート殿下の存在が、私の心に余裕をもたらした。お姉様の焦りが、私がいなくなってから日々に不満があることが透けて見える。戻ってきていいと言ったのも、私をからかうためじゃなくて……本当は大変だから戻ってきてほしいとか、思っているのかもしれない。

「……無能の癖に、言うようになったじゃない」

「私の婚約者を侮辱するのは止めてもらおうか？」

「――――！」

「殿下」

私の後ろから声がして、振り向くと殿下が立っていた。

彼は私に視線を向けて謝罪する。

「すまなかったな。どうにも周りがしつこくて断り切れなかった」

「いえ、もうよろしいのですか？」

「ああ、アストレアのほうは？」

殿下はお姉様に軽く視線を向ける。ビクッと反応するお姉様は、少しだけ気圧されている様子だ。私には強気のお姉様も、殿下には弱いらしい。

「私も話は終わりました」

「そうか。なら行こう。ラインツにも挨拶をしておかないとな」

「はい」

「ま、待ちなさい、アストレア」

立ち去ろうとした私と殿下をお姉様が引き留める。

「お姉様？」

「……これが最後のチャンスよ、アストレア」

「チャンス？」

「そうよ。今なら戻ってきてもいいわ。今は快適でも、偽りの信頼なんていずれ必ず壊れるのよ。辛い思いをするのがわかっているでしょう？」

「――必死だな」

そう言ったのは殿下だった。殿下は呆れてため息をこぼし、お姉様に鋭い視線を向ける。

「理解したのだろう？　アストレアがいなくなってから、随分と大変だったんじゃないか？」

「っ……」

図星なのだろう。お姉様はわかりやすく悔しそうな顔をして沈黙する。

私は殿下が教えてくれた真実を思い浮かべる。お姉様が奇跡を起こす聖女なら、私は奇跡を与える聖女だった。

それ故に、私の存在がお姉様の祈りを支えていた。だから、私がいなくなってお姉様は……。

「何のことでしょうか？　私はこれまで通り、聖女としての役割を全うしております」

「そうかそうか。姉妹揃って働き者だな。アストレアも俺のために、頼まずとも国に貢献してくれているぞ」

「それは喜ばしいことですね。姉として私も誇らしく思います」

お姉様の苦笑いなんて新鮮だ。相手が隣国の王子様だから強く出れず、中途半端に対抗しようとするから圧倒される。事実、彼女は困っていたのだろう。

私がいなくなったことで、聖女の力は弱化した。祈り、癒す力が弱まれば、今まで通りではいられない。何よりお姉様には薬学の知識はない。

私がやっていた新薬開発は、お姉様では引き継げなかったはずだ。

「君はこの国の聖女としてこれからも励むといい。ラインツも喜ぶだろう」

「――そうだね！」

「ラインツ王子！」

お姉様が驚く。ラインツ王子は殿下の後ろから肩を組んだ。

「やぁ、二人とも。遅いからこっちから会いに来ちゃったよ」

「悪いな。今日はいつも以上に離してくれない者たちが多いんだ」

「そうみたいだね。アストレアもようこそ！　本当に来てくれて嬉しいよ」

「私のほうこそ、お招きいただきありがとうございます」

ラインツ王子とも親しく話している私を見て、お姉様は唖然とする。

そんなお姉様に、ラインツ王子はニコリと微笑みかける。

「ヘスティアも、来てくれてありがとう。やっぱり姉妹だし、お互いの近況とか気になるのかな？」

「はい。アストレアがご迷惑をかけていないかと」

「そうか。なら安心するといいよ。シルバートは彼女にゾッコンみたいだし」

隣で殿下がビクッと反応する。ゾッコンって聞こえたけど、まさか……ね？

私はそろっと殿下のほうを見る。ほんの少し、見間違いかもしれないけど……頬が赤くなっている気がした。

「おい、言い方を考えろ」

「あはは、怒られちゃったよ。とにかく心配は一切いらないよ。それよりもー……最近忙しそうだね？　君のほうこそ相談したほうがいいんじゃないかな？」

「──！　い、いえ私は変わりありませんので」

「そうかい？　余計なお世話だったかな」

「ご心配いただきありがとうございます。では私はこれで……」

天然か、意図的か。ラインツ王子の言葉に耐えかねて、お姉様は逃げ出すように離れていく。

去り際にギロッとこちらを睨んできた。けれどあまり怖くない。

「恐ろしい奴だな、お前は」

「ん？　何のことかな？　僕は純粋に心配してあげただけだよ」

「……そう見えるから怖いと言っているんだ」

二人の王子に図星をつかれ、お姉様もたまらなくなったのだろう。

少し同情する。と同時に、私が味わっていた苦悩を少しでも実感してくれているのなら……。

「スッキリしたか？」

「……少しだけ。いけないことでしょうか？」

「いいや、それでいい。聖女であれ、王子であれ、一人の人間なんだからな」

殿下は優しく微笑みかけてくれた。おかげで不安は消え、ここにいる自分に自信を持ち始める。

「さぁて、パーティーはこれからだよ。二人とも、存分に楽しんでくれると嬉しいな！」

「そうさせてもらうよ」

「はい！」

こうして懐かしき故郷でのパーティーは滞りなく終わった。

パーティーが終われば、私たちはすぐ帰路につく。夕刻に王城を出発し、ベスティリア王国を目指す。しばらく馬車の旅だ。外はすっかり日も沈み、星々がきらめく。

「疲れてはいないか？」

「はい。私より殿下のほうがお疲れでしょう」

「いつものことだ」

パーティー中、常に誰かと話をしていた。隣国の代表ともなれば、関係を持とうとする貴族たちが後を絶たない。

殿下は一人一人丁寧に対応されていて、何十人と話しかけてきた相手の顔と名前を記憶されている。さすがとしか言えない。

途中からは私とはぐれないよう手を取り歩いた。

「……一応聞いておこうか」

殿下は改まって尋ねてくる。

「アストレアは故郷での生活と、俺の国での生活、どちらが好きだ？」

「――もちろん、殿下の国です」

迷うことはない。故郷で過ごした十数年より、殿下と共に過ごした数日のほうが色濃く、幸せだったのだから。

「そうか」

殿下はホッとしたように笑みをこぼす。

◇◇◇

ラインツ王子の誕生パーティーから戻り一週間。私は変わらず殿下の屋敷で生活しながら、新薬の研究を続けていた。少しでも殿下の役に立てるように。

その気持ちは今でもまったく変わらない。逆にドンドン強くなる。誰かに褒められる喜びを知り、認められる誇りを知り、求められる意味を感じたから。

「今日も頑張ろう」

心の声を口に出し、自分自身を鼓舞する。屋敷の廊下を歩き、研究室へ向かう途中で、私は立ち止まる。

後姿が見えた。最初は殿下だと思って、声をかけようかと言葉が喉までかかる。けれど気づいた。殿下と似ているけど、別人だと。髪の色が若干薄く、長さも違っている。

身長も殿下より少し高い。ただ、本当によく似ている。そして――二人いる。正真正銘、私がよく知る殿下ともう一人。殿下に似た誰かが私に気づく。

「おや？　噂をすれば……だな」

「――アストレア」

「殿下、そのお方は……」

答えを聞く前に、私は察する。この人がきっと――

「初めまして、弟の婚約者さん」

弟……ということは彼が、この国の第一王子。シルバート殿下の実兄。

「お会いできて光栄でございます。ゴルディオ・ベスティリア殿下」

「ああ、私もだよ。ちょうど君と話したいと思っていたんだ。シルバート、部屋を貸してもらえるか？」

「……十分《じゅっぷん》ほどでしたら構いません」

「それだけあれば十分だよ」

シルバート殿下の様子が少し不自然だった。いつになく暗く見える。ゴルディオ殿下とは仲が悪いわけではないと言っていたけど、何かあったのだろうか。

「アストレア、少し時間をくれないかな？　君と二人で話がしたいんだ」

「は、はい」

二人で……不安になる。

殿下の話によれば、この方も陛下と同じく合理的で、国の利益を一番に考えている。

間違いなく知っているはずだ。私がフロイセン王国で何と呼ばれていたか。ゴルディオ殿下には、私がどう見えているのだろう。

「アストレア」

シルバート殿下が耳元で囁く。

「何かあれば私を呼んでくれ」

「はい」

殿下はそう言って立ち去る。二人きりになり、近くにあった部屋に入る。

「ここでの暮らしには慣れたかい？」

「はい。とてもよくしてもらっておりますので」

「それはよかった。父上から聞いたよ。君は薬作りが得意なんだってね」

いきなり話題が切り替わる。雑談は好まない人なのだろう。ゴルディオ殿下は続けて語る。

「君のおかげで多くの人が助かったそうだ。実に素晴らしい」

「ありがとうございます」

「シルバートもいい相手を見つけてきたようで安心したよ。あいつは頑固でね。私や父上が用意した相手には一切振り向かなかった。そんなあいつが、君と婚約した。シルバートの眼に、君はどんな風に映っているのかな？」

「……」

きっと殿下の左眼のことを言っている。私の聖女としての特性は、眼を持つシルバート殿下しか知らない。探っているんだ。殿下が私を選んだ理由を。

「婚約したんだ。君も知っているだろう？　シルバートの左眼のことを」

「はい。存じております」

ゴルディオ殿下はニコリと微笑む。その笑顔は少しだけ怖かった。

「君は勿体ないと思わないかい？」

「勿体ない……でしょうか」

「あいつの眼のことだよ。もっと効率的に使えばいくらでも物事を上手く進められる。にもかかわらず、あいつは力の使用を拒んでいる。実に勿体ない」

「……」

ゴルディオ殿下や国にとってはそうだろう。けれど当人は苦しんでいる。望まなくとも見えすぎてしまう瞳は、シルバート殿下の心を傷つけてきた。この人は知っているはずだ。誰より近くで、ずっと見てきたのだから。

「あいつの力は国にとって最高の宝になる。フロイセン王国にとっての聖女のように、いずれこの国の象徴になる。だがあいつ自身には野心がない。なら、私たちが上手く使うしかないと思わないか?」

「……使う」

「君もそう思うなら、ぜひあいつの背中を押してほしい。力は使わなければ意味がないんだ」

「……」

殿下の苦しみを知ってそんなことを言うの?

それとも気づいていないの?

誰より近くで見続けていたのに、殿下がどれほど苦悩されたか……なんだか無性に腹が立つ。

相手はこの国の王子様だけど、私はまだ部外者に近いけど——

「殿下は……」

「ん?」

「殿下は、物や道具ではありません」

我慢できなくて、気づけば口に出していた。不遜な言葉を。驚くゴルディオ殿下を見て我に返る。

「も、申し訳ありません!」

私はなんて失礼な態度をとってしまったんだ。後悔しても遅い。怒られることも覚悟していた。

「ぷ、はっはっははははは!」

「……え?」

ゴルディオ殿下は笑った。子供みたいに。

「いやー驚かされる。まさか、二人とも同じことを言うなんてね」

「同じことを……？」

◇◇◇

時間を少し遡る。屋敷にやってきたゴルディオを見つけ、シルバートは声をかけた。

「兄上？　どうされたのですか？」

「シルバートか。お前が婚約した相手を見ておきたくてね」

「……アストレアに何か？」

「そう警戒するな。ただの挨拶だ。彼女は隣国の聖女だろう？　しかも世間では無能と言われている妹のほうじゃないか。それをあえて選んだ。お前の眼には彼女が特別に見えたか？」

ゴルディオはニヤリと笑みを浮かべてシルバートに尋ねる。シルバートは平然とした態度で答える。

「さぁ、どうでしょう」

「ふっ、教える気はないか。別にそれでも構わない。どんな秘密であれ、この国にとって有益なら何でもいい。どうせなら上手く使うといい」

「……お言葉ですが兄上」

シルバートはいつになく真剣に兄と向き合う。

「彼女は物や道具ではありません。俺は彼女を聖女として招いたわけじゃない。将来、俺の妻となる相手に相応しいと思ったから婚約したのです」

◇◇◇

「珍しいことだ。あいつが、他人をそこまで評価し期待するのは」

「殿下が……」

「王子としては思うところもあるが……安心したよ、兄としては」

ゴルディオ殿下は安堵する。国のため、国民のため。王子としての責務に準ずる……けれど、それだけじゃない。

陛下も、ゴルディオ殿下も家族としての繋がりを忘れていない。

「よい関係が築けることを祈っているよ。これは兄としても、王子としても」

「……はい！」

もっと頑張ろう。今ならハッキリとわかる。私は殿下に恋をしている。殿下に、私のことを好きになってほしい。そう思っている。

もしも、殿下も同じ気持ちになってくれたのなら……。

その先に待つ未来こそ、私だけが手に入れることができる……大切な時間になるだろう。

誰かの代わりじゃない。
私だから進む道を、これからも歩いていく。

第八章

アストレアたちが自国へと戻って一週間が過ぎた頃である。フロイセン王国の王都では、とある感染症が流行し始めていた。

症状は風邪に近く、広がるまではただの風邪だと思われ、軽視されていた。

しかし、恐ろしい感染能力を持つ病であり、瞬く間に王都中へと広まった病は、人々の身体を蝕み、やがて重症者が増え、死者が出てしまう。

街の医者、王都の薬室、そして聖女が本格的に活動を開始したのは、すでに王都中で病が蔓延した後だった。

必然、苦しむ人々の対処に追われる。もっとも大変なのは、聖女であるヘスティアだった。

今日も教会には、迷える人々が列を作る。

「聖女様、この子の病を治してください！」

「うちの子のほうが先よ！」

「順番は守りなさいよ！」

「いいじゃない！　うちの子のほうが苦しそうなのよ！」

ただし、普段のように悩みや後悔を打ち明けたり、ちょっとした体調不良を改善してほしいわけではなかった。

教会に訪れた人々の九割以上は、最近流行の感染症を治してほしい人たちばかりだ。

「どうか落ち着いてください。お一人ずつ、私の前へ」

「はい！　お願いします、聖女様」

「安心してください。私の祈りは必ず、悪しき病を癒してみせます」

聖女であるヘスティアは、混乱する人々をしずめ、一人ずつ祈りを捧げていく。

彼女の祈りは傷だけではなく、病も治すことができる。

流行している感染症は、まったくの新種だった。既存の薬品の効き目が悪く、症状を弱らせる程度にしか効果がない。

特にお年寄りや子供は症状が強く表れ、単なる風邪と侮っていると、一瞬で症状は悪化し、ベッドから起き上がれない身体になってしまう。

そのまま寝たきりになり、食事も満足に取れなくなって、最終的には死に至る。

恐ろしい病だが、原因がハッキリわかっておらず、対症療法で自然回復を待つしかない状況において、聖女の力が唯一の治療法になっていた。

原因がわからずとも、どれほど重い症状でも、聖女の祈りであれば回復する。

そのことを人々は知っている。これまでの経験で、聖女に対する厚い信頼が、彼らを病院ではなく、教会へ向かわせていた。結果、教会には人々があふれかえっている。

「聖女様！　こっちの子もお願いします」

「ワシのことは後で構いません。どうか婆さんを……婆さんだけは……」

「大丈夫です。どうか安心してください」

ヘスティアは優しく語りかけながら、迷える人々に祈り続けた。

早朝から、遅い時は日が沈む直前まで、教会で祈り続ける日々が続き、すでに彼女の心は疲弊し始めていた。加えて、彼女の祈りの力は、以前に比べて弱くなっている。

理由はもちろん、彼女が一人になったからである。

「……はぁ……いつまで……」

弱音を口から漏らしながら、期待の視線を向ける人々の前では、慈悲深き聖女であり続けるしかない。重圧に耐えながら、今日も彼女は遅くまで聖女としての役目を果たした。

「お疲れ様です。聖女様」

「……今日はもう終わりですか？」

「はい。行列を一旦区切りました。明日の朝から、またお願いいたします」

「……感染症の原因は、まだわからないのですか？」

「現在調査中と聞き及んでおります」

「そうですか……」

護衛の騎士から報告を受け、ヘスティアは落胆していた。

一体いつまで、この地獄のような日々が続くのだろう。彼女は医学、薬学については素人同然である。アストレアの成果を横取りしていた関係上、最近になって薬学に触れ始めているが、専門家たちには知識も経験も遠く及ばない。

故に、彼女は理解していない。病の原因を見つけ出し、それに対する薬品を作り出すのが、どれほど困難で、長い道のりであるかを。無知である故に、彼女の苛立ちは大きくなる。

自分はこんなにも頑張っているのに、他の人たちは何をやっているのか。怠慢なんじゃないか……と。この苛立ちと疑念の心が、彼女の祈りを曇らせていく。

聖女の祈りは、より誠実で、心から願うことで真の力を発揮する。なぜならその力は、人々の心の中にある正の感情から生まれるものだから。

喜びや興奮、期待や希望という前向きな感情こそが、聖女の力の源なのである。

怒りや疑いは、それとは対極に位置する感情だった。

あまりに大きくなれば、祈りの力の妨げになってしまう。もちろん、彼女だけが悪いわけではない。疲労も力を弱める原因の一つではあった。

聖女の力は奇跡を起こすが、所詮は一人だけの力だ。いかに毎日必死で祈ろうとも、爆発的な速度で増え続ける感染症患者を、全て治療することは不可能である。

このまま事態が進展せず、感染者だけが増え続けていけば、ヘスティアの疲労はピークに達し、もはや聖女として振る舞うことも困難だろう。

そのことに最初に気づいたのは、第一王子のラインツだった。

「長く続きそうにないね。さて、どうするかな」

彼は隣国の王子、シルバートと友人関係にある。互いに信頼し合っている故に、シルバートから聖女の力について聞いていた。姉妹に生まれていた格差と、その正体について。

二人が離れたことによって、残されたヘスティアの力が弱まっていることも。

アストレアが隣国に行って以降、ヘスティアは毎日忙しそうにしていた。感染症が流行り始める前からだ。同じに人数に祈りを捧げるだけでも、これまでの倍近い時間がかかってしまっていた。

　ヘスティア自身は未だ気づいていない。自分の力が弱まっていることに。

周りの人々ですら、一時的なものだろうと。特に今は、忙しくて疲労が溜まっているせいだと、楽観的に考えていた。

　そうではないと知っているラインツ王子は、この状況を打開するために、聖女以外の方法を考え始める。しかし、感染症の原因をつきとめるまで、薬物での治療は一時凌ぎにしかならない。

　聖女をサポートしつつ、医学や薬学へも精通して、感染症の原因を見つけ出す手助けもできる人物が、一人だけ思い当たる。

「……はぁ、怒られるかな。シルバートには」

◇◇◇

　私たちがフロイセン王国から戻って一週間ほど経過した今日、私は普段よりちょっぴり忙しい日々を送っていた。

「ニーナ、そこの小瓶を取ってもらえますか？」

「こちらですか？」

「ありがとう」

　私なニーナと一緒に、研究室で薬品の調合を行っている。

　その理由は、最近になって流行し始めた感染症に効果がある薬を作るためだった。

「アストレア様、そろそろ休憩されてはいかがですか？」

「ありがとう。でも、もう少し……」

「あまり無理をされてはお身体に障ります」

「そうだぞ？　無理は禁物だな」

「――殿下！」

　いつの間にか、殿下が私の研究室に顔を出してくれていた。

　集中していた私は、殿下が来てくれていたことに気づくの遅れて、慌てて身なりを整える。

「いらしていたんですね」

「ついさっきな。ニーナは気づいていたぞ」

「す、すみません……」

「謝らなくていい。よく頑張ってくれているのは知っているからな」

　殿下は優しく微笑みかけてくれる。殿下だって忙しいはずなのに、こうして定期的に顔を見に来てくれるのは、殿下の心遣いだろう。

　その優しさがあれば、私はどんな辛いことだって乗り越えられそうな気がする。殿下は散らかったテーブルの上を見ながら呟く。

「薬品の研究は順調か？」

「はい。もうすぐ特効薬が完成しそうです」

「さすがだな」

「私一人の力じゃありません。ニーナも手伝ってくれていますし、何よりここで働く薬師の方々が、日ごろから準備されていたおかげです」

　ベスティリア王国では、毎年この時期になると、質の悪い感染症が流行するらしい。毎年のことで人々の慣れているから、みんな慌てたりはしない。

　お医者さんも対処はわかっているし、薬師の方々も、毎年変化する感染症の原因をいち早く突き止めて、特効薬の作成を始めていた。私はそれを、ただ手伝ったに過ぎない。

「謙遜するな。アストレアが作ってくれた薬は、どれも効き目が何倍もいいと評判だ。同じ調合でも、君には祈りの力があるからな」

「祈り……」

　私は自分の胸に手を当てながら噛みしめる。無力だと思っていたこの身体には、ちゃんと聖女の力が宿っていた。お姉様のように、奇跡を起こすことはできないけれど。

　私は奇跡を与えることができる。私が作り出すものには、祈りの力によって奇跡が宿っている。だから薬を一つ作るだけでも、通常よりも効果が高い。

　それだけじゃなくて、感染症の原因を見つけ、特効薬の作り方にたどり着くのも早い。

私が奇跡を与えられるのは物だけじゃなくて、当然人も含まれる。

お姉様のように、その場で奇跡が起こるわけじゃない。彼らの頑張りを後押しするように、奇跡を起こす手助けをする。殿下の話では、原因を突き止めるのにかかった時間は、過去最短だったという。人々の頑張りが奇跡を起こした結果だ。

「あと少しで完成します。少々お待ちくださいませ」

「アストレア、休憩が先だ」

「――！　殿下、でも……」

「君はもう少し、自分のことを労ったほうがいいぞ？　そう思うだろ？　ニーナも」

「はい」

二人とも、温かく優しい視線を私に向けてくれる。

頑張りすぎなくていいのだと。今でも十分、頑張っているのだから……そう言ってくれている視線に、心が温かくなる。頑張っても頑張っても、認めてもらえなかったあの頃とは違う。ちゃんと見てくれている人がいて、支えてくれる人がいる。殿下やニーナの言う通り、私はもっと自分を大切にしなければならない。

私はもう、フロイセン王国の聖女ではなく、シルバート殿下の婚約者なのだから。

トントントン、とノックの音が響く。

「シルバート殿下、こちらにいらっしゃいますでしょうか？」

「――？　俺か？」

私への来客かと思ったら、殿下を探している使用人の男性だったらしい。殿下は私の代わりに扉を開けると、使用人の男性は深く頭を下げて言う。

「お忙しいところ失礼いたします。殿下にお客様がいらしております」

「誰だ？　今日はそんな予定はなかったはずだが」

「はい。ラインツ王子でございます」

「ラインツ？」

殿下は目を大きくして驚いていた。

ラインツ王子は、私の故郷であるフロイセン王国の第一王子であり、シルバート殿下とも親しい友人だ。ついこの間、ラインツ王子の誕生パーティーに参加したばかりで、記憶に新しい。

シルバート殿下は自分の顎に手を触れて考えている。

「珍しいな。この間来たばかりだったが、まぁいい。応接室に通してくれ」

「そ、それが……」

「ん？」

「その必要はないよ？　シルバート」

声がして、ひょこっと使用人の男性の背後からラインツ王子が顔を出した。

すでに屋敷の中に入り、男性の後ろについてきていたらしい。シルバート殿下は少し驚いて、呆れてため息をこぼす。

「下がっていいぞ」

「はい」

使用人の男性を下がらせて、ラインツ王子が研究室に入ってくる。

「いやーごめんね？　忙しかったかな？」

「何をしに来たんだ？　まさか、遊びにきたわけじゃないだろう？」

「そうだね。お気楽な理由ならよかったんだけど、今回は違うよ。ちょっと頼みたいことがあって来たんだ」

いつになく、ラインツ王子は真剣な表情をしている。

飄々《ひょうひょう》とした態度が記憶に目立つラインツ王子だからこそ、その表情の真剣さが、何やら大切なことを相談したいのだと察する。私はごくりと息を飲んだ。すると、ラインツ王子と視線が合う。

「やぁ、アストレア。パーティー以来だね？」

「は、はい！　先日は招待していただき、ありがとうございます」

「ううん、こちらこそ来てくれて嬉しかったよ。楽しんでくれたかな？」

「――あ、はい」

ちょっとだけ逡巡を挟み、私は愛想笑いをする。

楽しめたかどうかでいえば、正直あまり楽しくはなかった。会いたくない人に会ってしまったし、酷いことも言われたから。その後に殿下が私を庇ってくれたのは、嬉しい思い出にはなったのだけど。ラインツ王子も私の反応から察した様子だ。

「そうだよね。君にとって僕の国は、居心地のいい場所じゃないよね」

「そ、そんなことは！」

「いいよ。君の境遇については聞き及んでいるし、それを知りながら放置していた僕にも責任はあるからね」

「……」

「だから、アストレア？　これからするお願いは、別に断ってくれても構わないよ」

「お願い？」

　ラインツ王子は私に向けてそう言っていた。

　お願いというのは、シルバート殿下に対してではなく、私に向けてのものだったらしい。

　なんとなく予想がつく。殿下にではなく、私にお願いをしたいという時点で、求められているのは私が持っている聖女の力だろう。ラインツ王子はゆっくりと話し始める。

「実はね？　最近になって僕の国で、よくない感染症が広まっているんだよ」

「お前の国でもか？」

　シルバート殿下がラインツ王子に問いかけ、王子の視線が殿下に向く。

「うん。ベスティリア王国も、この時期は病気が起こりやすいんだってね？　今年はどう？」

「相変わらずだ。アストレアのおかげもあって、普段よりも早く落ち着くだろうがな」

「そうなんだ。さすが、慣れているから対応が早いね？　こっちは違うから、宮廷も街も大騒ぎだよ。特に大変なのは……」

　ラインツ王子の視線が私へと戻った時、すぐに察した。

「お姉様？」

「そう。教会は今も大盛況だろうね」

突然広まった感染症への対処に、フロイセン王国の医師や薬師たちは追われている。

病の原因を突き止めるのは簡単なことじゃない。

ベスティリア王国のように毎年で、同じ感染症で型が変わるだけなら、既存の薬品でもそれなりの効果が発揮される。ただし、まったく新しい感染症となれば、一から薬品を作り出さなければならない。

一週間やそこらで解決する問題でもないだろう。

必然的に、どんな病でも治してしまえる聖女の下に、人々は集まってしまう。

不安を解消したくて、苦しみからいち早く解放されたくて、期待する人々は聖女の下に押し寄せる。難しいことを考えなくても、その状況は想像ができた。

そして、お姉様がどんな気持ちで祈りを捧げているのかも……。

姉妹だからかな？

こんなに遠く離れているのに、お姉様が考えていることがわかってしまう。きっとお姉様は、酷く苛立っているはずだ。いつになったら終わるのかと。

「アストレア、君の力を貸してはくれないかい？」

「――――！」

「ラインツ」

「わかっているよ。虫がいいことを言っている自覚はあるんだ。でも、苦しんでいる人々がいるのに、放っておくこともできない。僕は王子だからね」

二人の王子は視線を向き合わせている。

ラインツ王子のお願いは、話の途中から察していたし、王子が申し訳なく思いながら、私にお願いしていることもわかっている。殿下には特別な眼があるから、ラインツ王子の気持ちもわかるだろう。

私はもう、フロイセン王国の聖女ではない。今の私は殿下の婚約者で、ベスティリア王国の人間になった。それ故に、このお願いを断る権利だって、今の私にはちゃんと残されている。

「アストレア」

「殿下」

「君が決めていい」

「私が……？」

殿下は小さく頷いて、優しく微笑みかけてくれる。

「君がどうしたいのか。それ次第だ」

「私が……」

どうしたいと思っているのか。

フロイセン王国は私の故郷だ。だからと言って、戻りたいという気持ちは一切ない。むしろ、嫌な思い出のほうが目立つ。可能なら、あまり関わりたくないというのが本音だった。

このお願いを引き受ければ、嫌でもお姉様と顔を合わせることになる。

顔を合わせたら必ず、お姉様は私を罵倒するだろう。また、悲しくて嫌な思い出が増えてしまうだけだと知っている。それでも……。

「わかりました。協力させてください」

「アストレア」

「……いいのか？」

「はい」

殿下の質問に、私はハッキリと肯定の返事をした。

思うところはあるし、個人的には行きたくない。けれど、困っている人々がいるのなら、それを知ってしまったのなら、無視したくなかった。助けなくちゃいけないと、心の奥で叫んでいる自分がいる。どうやら私は、自分で思っている以上に聖女らしい。

「そうか。なら出発の準備をしよう。もちろん、俺も一緒に行く」

「殿下も来てくださるのですか？」

「もちろんだ。大切な婚約者を一人で行かせるのは不安だからな」

「殿下……」

なんとなく、殿下ならそう言ってくれるような気がしていた。思った通りになって、どこかホッとしている。ただ、私のために殿下の貴重な時間を使わせてしまうのは、申し訳ないと思っていた。そんな私の心情を、殿下は察して続ける。

「気にするな。実は元々、フロイセンには行く予定があったんだ」

「そうだったのですか？」

「ああ、外交の話をするために。本当はもう少し先の予定だったが、ちょうどいいからこの機会に済ませよう。構わないよな？　ラインツ」

「もちろん、日程はこっちで調整しておくよ」

「助かる」

　これで、殿下にとっても目的を持ってフロイセン王国に行けるようになった。私のために予定を調整してもらったことは、やっぱり申し訳ない気分だ。

「それに、気になることもあるしな」

「気になること？」

「こっちの話だ。すぐに準備をさせよう」

「悪いね、シルバート」

「気にするな。困った時はお互い様だ。今度俺たちの国が困ったら、その時は助けてくれ」

「もちろんだよ」

　シルバート殿下とラインツ王子は握手を交わした。

　もし、私がこの場にいなかったとしても、私が協力を断った場合でも、シルバート殿下は何らかの方法で、フロイセン王国を支援しただろう。ラインツ王子が本気で困っているのは伝わっている。友人が困っているのに、それを放置するような人じゃない。殿下は優しい人だから。

◇◇◇

馬車に揺られ、私と殿下はフロイセン王国へとやってきた。

自分でも驚いている。まさか、こんなにも短い期間に、何度も故郷へ戻ってくることになるなんて思わなかったから。

馬車は王都へと入る。昼過ぎの時間、普段なら賑わっているはずの商店街も、あまり活気がなかった。話には聞いていたけど、感染症はかなり広まっているらしい。

強い感染力があるから、人と会うことも控えている状況なのは、街を見渡してすぐに理解した。

「うちの王都より酷い状況だな」

「慣れていないからね。みんな不安なのさ」

その不安の矛先が、聖女であるお姉様に向けられている。

聖女の祈りなら病も吹き飛ばしてくれる。それを知っているが故に、人々は彼女に縋る。

ただし、聖女も同じ人間だ。疲労は溜まるし、何より一人しかない。一日に祈りを捧げられる人数には限りがある。いかにお姉様が毎日頑張ったとしても、感染が広まる速度には敵わない。

今も尚、王都では感染者は増え続けている。

祈りによる治療は、根本的な解決にはならないと、誰もが理解し始めていた。

それでも、縋れるものが近くにあるなら、人は誰だって縋りたくなる。恐怖や不安を目の前にしたら、誰だってそうするはずだ。人の心は……そこまで強くはないから。

「王城に着いたら、しばらく別行動になる。次に顔を合わせるのは夜になりそうだな」

「はい」

「不安か？」

「少し……でも、頑張ります！　そのために戻ってきましたから」

私は不安を拭い去るようにぎゅっと握りこぶしを作り、殿下に安心してもらいたくて、できるだけ明るい笑顔を見せた。

「無理しすぎないようにな？　何度も言うが、一番大切なのは自分の身体だぞ？」

「はい」

馬車が停まり、順番に降りていく。

「それじゃ、俺は国王陛下に挨拶をしないといけない」

「はい」

名残惜しさはあるけれど、夜になればまた顔を見ることができる。それまで私も頑張ろうと、改めて決意する。一人先に王城へと入っていく殿下を見送って、ラインツ王子が私に言う。

「アストレア、君に使ってもらう薬室には僕が案内するよ」

「よろしくお願いします」

ラインツ王子に案内されて、宮廷へと足へ運ぶ。

私のために空いている薬室を解放してくれていたらしい。ラインツ王子は歩きながら、改めて感染症について説明してくれた。

「症状は風邪に近い。ただ、感染力が高くて重症化すると、老人や子供は命の危険もある」

「原因の調査はまだ途中とお聞きしましたが」

「そうだよ。だから今は、効果のある薬を使って、症状を和らげている。僕はそこまで詳しくないから、まとめた資料を部屋に用意してあるよ」

「ありがとうございます」

「感謝はこっちのセリフだよ。君が優しい人でよかった」

　ラインツ王子は安堵した横顔を見せる。

　国を出て行った私みたいな人間の気持ちを考えてくれる。ラインツ王子も十分に優しい人だと思う。きっと、そういうところがあるから、シルバート殿下も信用しているのだろう。

　期待には応えよう。できるだけ早く、人々の心に安心を……。

「——なんで」

「え？」

　ふと、声が聞こえた。廊下の曲がり角、私たちが曲がったほうとは反対側から、鋭い視線が突き刺さる。その声を聞いて、私は思わず背筋が凍る。ゾクッとして、恐る恐る振り返ると、そこに立っていたのは……。

「お姉様……」

「なんであなたがここにいるのよ？　アストレア」

予想よりも早く、私たちは対面してしまった。

いつかは必ず出会ってしまうと覚悟していたけど、こんなにも早いとは思わない。

お姉様は見るからにやつれていた。パーティーで見た時よりもげっそりしているし、目の下にクマができている。あまり睡眠も取れていないのだろう。苦労が全身から滲み出ている。その姿は、とても聖女には見えなかった。

そんな姿を見てしまったせいか。お姉様に対する怯えよりも、同情するような、心配するような気持ちが先行する。

「答えなさいよ。なんであなたがここにいるの？」

「それは……」

「僕が呼んだんだよ」

「――！　ラインツ王子⁉」

お姉様は酷く驚いている様子だった。今さらラインツ王子が一緒にいることに気がついたらしい。すぐ隣にいて気づかなかったなんて、よほど疲労しているのだろう。

お姉様は慌てながら、私を睨むように見つめる。どういうことよ、と何度も聞いたセリフが、頭の中に響くようだった。理由を説明するように、ラインツ王子が話し始める。

「ベスティリア王国ではこの時期、感染症が広がりやすくなる。毎年のことだから対処も慣れていると思ってね？　相談しに行ったんだ」

「……それが、どうしてアストレアなのですか？」

「彼女が一番、適任だと思ったからだよ。この状況を改善するためにね」

「――！」

お姉様のプライドが傷つけられた音が聞こえた。姉妹だから、長い時間を一緒に過ごしてきたからこそわかる。

お姉様はラインツ王子に対しても、酷く睨むような視線を向けた。

「それは……私では不足だということでしょうか？」

「そうじゃない。君はよく頑張ってくれているよ。たった一人で、大勢の人々を救ってくれている。王子として誇らしい」

「……」

「でも、いつまでも君一人に負担をかけるわけにはいかない。アストレアは薬師でもあり、この国の出身だから、誰よりも国の事情は把握している。だから彼女が適任なんだ」

理屈は通っているはずだ。

私以上に、この国のことを知り、薬師としての知識を持っている人物はベスティリア王国にはいない。もちろん、ラインツ王子の狙いがそれだけじゃないことは理解していた。

お姉様は奇跡を起こす聖女で、私は与える聖女。一緒にいることで、私の力がお姉様の祈りをより強くする。すなわち、私がいなくなる前の状態に、お姉様を戻すことができる。

私が応援にきたところで、すぐに解決する問題でもない。まだしばらくは、お姉様にも頑張ってもらう必要があった。

このまま倒れてしまわぬように、私の存在が彼女を支えるように、お姉様のそばに私を置いておきたかったのだろう。そういう意図もあったから、ラインツ殿下は私に申し訳ないと感じているに違いない。

シルバート殿下も、その狙いには気づいている。その上で、私に決断を委ねてくれた。

この選択は、私自身の意思だ。

「わかってもらえたかな？　君のためでもあるんだよ？」

「……わかりました。祈りの続きがありますので、失礼させていただきます」

「わかった。よろしく頼むよ」

「……アストレア」

「――――！」

お姉様は睨むように私を見つめて、小さな声で呟く。

「邪魔だけはしないで」

「……」

お姉様は私たちに背を向けて去っていく。私はお姉様の言葉に答えなかった。お姉様自身、答えを期待していなかったのだろう。

その背中は苛立ちと、少しの寂しさを含んでいた。

「すまなかったね。嫌な思いをさせてしまって」

「い、いえ！　お見苦しいところをお見せして申し訳ありません」

「いいや、君たち姉妹の問題は、この国にとっても重大なことだった。不憫な想いばかりさせて申し訳なかったと思っているよ」

「ラインツ王子……」

「何かあったらすぐ、僕も相談してくれて構わない。この国の王子は僕なんだ。きっと力になれると思うよ」

「ありがとうございます」

「いいさ。無理やり来てもらったようなものだからね？　これくらいしないと、シルバートに怒られてしまう」

　そう言って優しく笑いながら、ラインツ王子は私を薬室に案内して去っていく。彼も王子としての仕事がたくさんあるはずだ。忙しい中、私のことを頼ってはるばる隣国まで足を運んでくれた。

　その期待に応えられるように頑張ろう。

　私は薬室のテーブルに置かれている資料に目を通す。タイミング的にベスティリア王国で流行った感染症と同じものだと予想した。ただ、どうやら症状が少し異なっているようだ。

　ベスティリアのものは、腹痛など胃腸に関係する症状が目立っていたのに対して、フロイセン王国で広まっている感染症は、熱発や頭痛が主である。

　どちらも風邪で見られる症状ではあるけど、出方が違うことから別の原因だろうと推測した。

　そこから先は予測と検証だ。私がこれまで作った薬品、ベスティリア王国で感染症対策に作った新しい薬品も含めて、どれが効果的かを調べていく。

もちろん、私一人の力では解決できない難題だ。宮廷で働くお医者さんや、同じ薬師の方々とも連携して対処する必要がある。

私は皆さんに意見を聞くために部屋を出る。少し不安ではある。私は悪い意味で有名で、シルバート殿下の婚約者になってからも日が浅い。私のことを快く思わない人間だっているはずだ。

聖女でありながら国を抜けた薄情者、なんて思われていたらどうしよう……とか。思いながら足取りが重くなる。やっぱり一人で……ダメだ。

私一人の力なんてたかが知れている。お姉様のように、祈りで奇跡を起こせない私にできることは、みんなと協力して特効薬を作ること。

そのためにここへ来たのだから、今さら怖気づいてどうするの？

「……そうだよね」

頑張ろう。頑張らなくちゃ。

次に殿下と顔を合わせた時に、いい報告ができるように。

◇◇◇

「……なんなのよ！」

アストレアたちと別れた後、道中の彼女は苛立っていた。

ラインツ王子の言葉など、半分も頭に入っていない。今の彼女を支配しているのは、ラインツ王子が自分ではなく、妹のアストレアを頼ったという事実。

「私じゃ不足だってこと？」

ラインツ王子はそうじゃないと言っていたが、その言葉もすでに忘れてしまっていた。妹に自分のしりぬぐいをされている。それは彼女にとって最大の屈辱であり、耐えがたい苛立ちが全身を駆け抜ける。だが、同時に彼女は感じていた。自分の身体を巡る温かな力と、その躍動を。疲労は未だ残っている。それ以上に、身体が軽くなっていた。

「この感じ……」

ニヤリと笑みを浮かべる。

そうして教会へと戻った彼女を、大勢と人々が出迎える。

「聖女様！」

「どうか癒しの力を！」

「私たちを助けてください！」

「――不安にならないでください。私が祈り、皆さまを救います」

ヘスティアは大勢の人々の前で手を組み、祈りの聖句を捧げる。

直後、淡い光が教会内を包み込み、その光は人々を苦しめる悪しき病を吹き飛ばす。

「おお！　身体が軽くなったぞ」

「熱も……なくなったわ！」

「聖女様ばんざーい！」

「全ては主のお導きです」

ヘスティアはニッコリと微笑む。疲労によって崩れていた聖女としての振る舞いが立ち直り、毅然とした態度で人々の前に立つ。

ヘスティアは今、疲労も忘れるほどに喜び、充足を感じていた。

「聖女様！　この子もお願いします。ずっと熱で苦しんで、夜泣きが止まらないんです」

「大丈夫ですよ。私に任せてください」

皆が自分を頼りにしている。自分のことだけを見てくれているという状況が、彼女の自信、プライドを癒す。

（ほら見なさい。私一人で十分なのよ）

彼女は気づいていない。

（アストレアなんていらないわ）

この力が、奇跡が、自分一人で構成されたものではないということに。

（このまま私一人で解決してみせる。そうすれば……あの頑固な王子だって、アストレアに愛想をつかすに決まっているわ）

自身が起こす奇跡は、愚妹と罵っていた片割れに支えられていることに、今も気づかぬまま、自分だけの力だと酔いしれる。それこそが彼女の間違いであり、失敗だった。

（役立たずはアストレアよ。私がもう一度、みんなに教えてあげるわ）

彼女が思い描く展望など、ありえないことに気づかない。

しかし、それも時間の問題だった。彼女はいずれ、知ることになる。役立たずだと罵っていた妹に、自身が支えられていたことを。

◇◇◇

「こっちもお願いします」

「はい」

私は宮廷の薬師の人たちと、一緒に薬品の研究を始めていた。

最初は不安だったけど、結果としてはなんてことはない。すぐに受け入れてもらえて、こうして仕事ができている。陰口を言われることも、理不尽な目にあうこともない。

不安に感じる必要なんてなかったらしい。

「アストレアさんが来てくれて安心しました」

「え？」

「聖女様が作ったって言われてましたけど、これまで薬品を作ってくれていたのはアストレアさんですよね？」

「どうして、それを……」

「確信したのは今です。こうして一緒に仕事をして、アストレアさんがそうなのだと」

私がこれまで作り上げてきた薬品は、どれもお姉様が作ったものとして公表されていた。それを知ったのは、私が殿下と婚約をする少し前のことで、ずっと知らないまま、お姉様のために働かされていた。その事実は未だ、ほとんどの人たちが知らない。

宮廷で働く薬師の方々も、お姉様の功績として認識しているはずだ。私の不安の一つはそこにあった。何の功績もない私が、どうしてラインツ王子の紹介で薬師の仕事をしているのかと、皆が疑問に感じると思っていたのだけど……。

「アストレアさんが隣国へ旅立たれた後、新薬の発表がパタリと止まったので、もしかしたらって私たちの中で噂していたんです」

「そう、だったんですね」

奇しくも今回のことで、お姉様とお父様がついた嘘が一つ解消されたらしい。ホッとするようで、この後が少し怖いな。

「アストレアさんが来てくれたおかげで、特効薬の完成も近づいてきました。このまま一気に完成させましょう！」

「はい！」

薬師の方々に快く受け入れられた私は、温かな環境で特効薬の研究に励む。

もう少し早く、誤解が解けていたのなら……私はこの国でも、理解者を見つけることができたかもしれない。ほんの少し勿体ないと思いながら、殿下との出会いに改めて感謝する。

こんな機会を得られたのも、全ては殿下が私を選んでくれたおかげなのだから。

200
150
100
50

◇◇◇

夜になり、私は王城に用意してもらった客室で過ごす。

ラインツ王子の計らいで、シルバート殿下と同じ部屋にしてもらった。何気に初めてで緊張する。殿下と同じ部屋で一夜を過ごすのは……。

「上手くやれそうか？」

「はい。皆さんよくしてくれています」

「そうか」

「殿下のほうは？　お忙しいでしょうか」

「こっちはいつも通りだよ。外交もこれが初めてじゃないからね？　慣れているし、疲れを感じるほどでもない」

　さすが王子様ともなると、いろんな国に訪れたり、毎日忙しい日々を送っている。これくらいのことで疲れもしていない。私は、少し疲れていた。慣れない環境、というのも変だけど、周りに気を遣いながらの一日で、身体が少し重い。

「疲れているだろう？　もう眠るといい」

「はい……殿下は……？」

「もう少し起きているよ。君が眠るまで」

「ありがとう……ございます」

ゆっくりと、意識が沈んでいく。ベッドで横になる私に、殿下は優しく布団をかけてくれた。

「おやすみ。よい夢を」

◇◇◇

翌日からも忙しかった。朝から夕方まで研究を続けて、騎士の方々にも協力してもらい、実際に感染症にかかった人に薬を試す。

一般に回すのは、騎士の方々で実験して、安全性を試してからだ。

先に動物による実験は終わっている。あとは効果さえ確立されたら、特効薬は完成だ。

「こんなにも早く進むなんて」

「アストレアさんのおかげですね」

「いえ、皆さんが準備をしてくださっていたからです。私がしたのは、ほんの手助けだけでしたから」

事実、私が訪れるまでに、感染症の原因はかなり絞り込まれていた。原因さえわかれば、対処することは難しくない。

午前中までに原因となる病原菌を突き止め、それに対する薬の調合を開始し、夕方には人間の体で実験ができる状態になった。

いくつかパターンを分けて、明日の朝に症状がどう変化しているかを確認する。

問題なく症状が軽快していてれば、薬を量産して人々に配る。一日の仕事が終わると、私は客室で殿下に、今日一日の出来事を伝えて聞かせる。

「もう完成しそうなのか。さすがだな」

「私一人の頑張りではありません」

「そうだな。だが、君が頑張った証拠でもある。君の存在は、皆に奇跡を与えることができるんだ。もっと胸を張るといい」

「はい」

私が人々に奇跡を与えるなら、殿下の言葉は私に自信と勇気をくれる。殿下は私にとっての、与える聖女のような存在だ。

「影響を受けているのは彼らだけじゃない。君の姉もだ。聞いているか？」

「いえ、お姉様に何か？」

「調子を取り戻したそうだぞ」

「そう……ですか」

「彼女自身は気づいていないだろうけどね。君の存在が支えていることに」

「……」

知らないままでいいのかと、殿下の視線が聞いているように感じた。知ったところで、お姉様はきっと信じないだろう。だから……。

「ここまで、構いません」

「そうか。なら、早く解決して戻ろう。俺たちの国に」

「はい」

私には、それが一番だった。

◇◇◇

翌日、実験を終えて、無事に特効薬が完成した。アストレアたちが完成させた薬は瞬く間に量産を開始し、王都中の感染に苦しむ人々に配られた。薬は調合さえわかれば、量産も難しくない。

貴重な薬草を使っていたり、時間がかかる方法での調合でなければ、すぐに王都で暮らす人々に、必要な数だけ届けられる。あとは一定期間摂取して、症状が改善するのを待つだけである。

薬が完成したことで、教会に訪れる人々の数は激減した。

「なんでこんなに……」

「薬が完成した影響でしょう。そういえば、聖女様の妹様が、特効薬の開発に一躍かったとか？」

「そ、そうなのね」

「驚きました。アストレア様も薬学に精通しておられたとは。さすがは聖女様の妹様だと、王都でも噂になっているようですよ」

特効薬の開発が成功し、人々に配られた際、ラインツ王子の計らいで、政策に関わった人々の名や素性が一部公開された。

その中に、聖女へスティアの妹の名があったことで、話題が一気に広まった。

二人の聖女が王都を救った。輝かしい功績だが、それをへスティアは快く思わなかった。

（なんでアストレアが評価されるの？　頑張ったのは私なのよ？）

自分のほうが優れている。アストレアは愚妹で、何も誇れるものなんてないはずなのに。

これまで積み重ねてきた自信は、そのほとんどがアストレアを見下すことで成立していた。

褒められるのは自分一人でいい。アストレアが褒められることが、認めらえることが、彼女には我慢ならなかった。

「少し、アストレアの様子を見てきてもいいかしら？」

「はい。もちろんでございます。しばらくは教会に訪れる人もいないでしょう」

「……そうね」

この時、彼女の脳裏に浮かんでいたのは、聖女とは思えない幼稚で、卑怯な手段だった。

◇◇◇

「ここまで大丈夫」

棚に並んだ薬品を一つずつチェックしていく。完成した薬品の最終チェックを任された私は、一人黙々と作業をしていた。そこへ足音が近づいてくる。私はすぐに、誰の足音か察した。

「随分と頑張ったじゃない。アストレア」

「お姉様」

お姉様は部屋の出入り口を塞ぐように立ち、私を睨んでいる。

「大役を任されて浮かれているんじゃないかしら？」

「そ、そんなこと……」

「まぁいいわ。どうせあなた一人の力じゃないでしょう？」

「そう……だよ。皆さんが手伝ってくれたから」

「そうよね。あなた一人じゃ何もできないんですもの」

「……」

どうしてだろう？

自分でもそう思っているし、私自身が理解している。けれど、お姉様からそう言われると、無性にモヤッとしてしまう。

「でも、気をつけなさいよ？　もしも失敗なんてしたら、大惨事になるんだから」

「……わかっています」

「そう、ならいいわ」

そう言って、お姉様は去っていく。わざわざそれを伝えるために、私のところへ来たのだろうか。それだけ暇になったということ？

なんだか胸騒ぎがする。嫌な予感が……。

◇◇◇

予感が的中したのは翌日だった。特効薬を飲み続けていた人の一部が、副作用で苦しんでいるという報告が薬室に届く。調べたところ、予想していない副作用が表れていた。

「どういうこと？　この薬の効果で出る副作用じゃないわ」

「調合に間違いがあったのか？　いや、だがおかしい。昨日まではなんとも……」

薬室は副作用の対応に追われていた。そこへやってきたのは……お姉様だった。

「大変なことになったわね」

「お姉様？」

皆の視線が集められる。

「聖女様？　なぜこちらに？」

「妹がお世話になっていると聞いて、姉として挨拶をしにきたのですが……どうやらご迷惑をかけてしまったようですね」

「それは一体……」

「薬の最後のチェックをしたのはアストレアだと聞きました。そのチェックが行き届いていなかったから、このようなことになったのではありませんか？　もしくは、チェックの時に余計なことをしたとか」

お姉様はニヤリと私に視線を向ける。この時、私は確信してしまった。お姉様が特効薬に何かしたのだと。

「お姉様！」

「何かしら？　アストレア」

「……」

威圧的な視線で、私の声を抑え込む。この場でお姉様が何かしたのだと、仮に口に出したらどうなるだろうか？

お姉様は聖女として信頼されている。そんな人が、人々を苦しめたり、陥れるようなことをするはずがない。対して私は、お姉様と違って聖女としては落ちこぼれだった。この国やお姉様に恨みを持っていても不思議じゃない。

疑いの視線が私に集中する。これまで培った信頼も、崩れるのは一瞬だ。

「私じゃ……」

「彼女じゃない」

「――！」

悪者になりかけていた私の前に、まるで救世主のように現れたのは――

「殿下」

「遅くなってすまなかったね？　安心してくれ」

殿下が私の肩を優しく叩く。

「君じゃないことを俺が一番よくわかっている。だから先に、調査をさせてもらったんだ」

「調査？」

「そうだよ」

「ラインツ王子！」

私だけじゃなくて、この場にいた全員が驚いていた。

シルバート殿下と一緒にラインツ王子までやってきて、その右手には、私たちが作った特効薬の小瓶が握られている。

「これが君たちの作ってくれた薬だ。調べたところ、薬の一部に本来ないはずの成分が含まれていることがわかった。簡単に言うと、余計なものを混ぜられているんだよ」

「それって……」

つまり、誰かが意図的に、特効薬に毒を混ぜたということになる。誰かは、この場では言及されないだろう。代わりにラインツ王子は、私が犯人ではない証拠を提示してくれた。

「最終チェックをしたのはアストレアだと聞いている。ただ、彼女は違うよ。実は彼女にはここで働いている間、こっそり護衛をつけていたんだ」

「護衛？」

私も初耳だった。そうなのかと、シルバート殿下に視線を向けると、彼は片目を瞑り笑みを見せてくれた。そういうことか。これはきっと、ラインツ王子の嘘だ。

「彼女はシルバート王子の婚約者だからね？　何かあっては困るからと、彼女の邪魔にならない範囲で護衛させてもらっていた。だから護衛が全て見ている。彼女は無実だよ」

　護衛なんていなかった。でも、私が無実だということは知っている。シルバート殿下の特別な眼が、すでに犯人を見抜いているはずだ。

「そういうわけだから、心配いらないよ？　聖女へスティア」

「そ、そうだったのですね。私もアストレアがそんなことをするはずないと、心の中では信じておりました」

「そうだろうね。姉妹なんだから」

「はい」

　お姉様は笑って誤魔化す。嘘ばかりだ。本当は……。

「犯人捜しはこちらでしておく。みんなには、広まってしまった毒素への対処をお願いしたい」

　そう言いながら、ラインツ王子は私に視線を向ける。

「頼めるかい？」

「――はい！　お任せください」

　いわれなき罪を背負わされた私を、二人の王子様が救ってくれた。ならば精一杯、彼らの誠意に応える仕事をしよう。誰が犯人かなんて、今さら考えるまでもないことだ。

　今はただ、私にできることをすればいい。たとえまた、嘘の罪を被せられたとしても、今の私には信じてくれる人たちがいる。

そのことを改めて実感したことで、胸の奥にあった不安がすっと消えていく。

その後、私は薬師の皆さんと協力して、特効薬に混ぜられた毒素を調査し、それに対する治療薬も開発した。

毒素が薬に混ぜられたという情報は、人々に混乱を招かない範囲に調整され、一部を伏せられた状態で公表された。様々な想いや思惑が飛び交ったが、王都から感染症の不安は解消され、人々は元気に日常生活を送れるようになる。

結果、感染症と毒素、二つの脅威から街の人々を救ったとして、私たちは盛大に賞賛されることになった。認めてもらえることも、褒めてもらえることも嬉しい。けれど最後まで、特効薬に毒素を入れた犯人はわからないままだった。

◇◇◇

王都に広がる問題は解消された。

教会へ訪れる人は日に日に減り続け、街中に特効薬が出回った頃には、ついに誰も訪れなくなっていた。聖女ヘスティアは教会で一人、訪れる人たちを待っている。

朝、昼、夕方まで待って、誰も来ない。

「なんで……」

予定通りにいかなかった。ヘスティアは誰もいなくなった教会で一人、怒りを発露している。

「なんでこう……」

「上手くいかないのか？」

「――！」

そこへようやく現れたのは、愚妹を選んだ隣国の王子、シルバート・ベスティリアだった。

一瞬驚いたヘスティアだったが、すぐに毅然とした態度を作り、笑顔で挨拶をする。

「こんにちは、シルバート王子。私に何かご用でしょうか？」

「ああ、俺たちはそろそろここを出る。その前に、忠告をしておきたくてね？」

「忠告……？」

「これ以上、アストレアの邪魔をしないでもらえるかな？」

ヘスティアはわずかに眉をピクリと動かすだけで、大きく反応は見せなかった。

多少の予想はしていたのだ。二人の王子が毒素の話を皆の前でした時から、自分が疑われるだろうことは。ただ、確信はないはずである。誰にも見られていない。そもそも、聖女である自分が犯人だとは誰も思わない。

「そう。誰も思わない。君がアストレアを陥れようとしたなんて」

「――！」

まるで心の中を見透かされたように、ヘスティアが思っていたことをシルバートは言い当てる。

「誰も信じない。だが、俺は知っている」

「何のお話ですか？　まさか、私が犯人だとおっしゃりたいのですか？」

「それは自分が一番よくわかっているはずだろう？」

「……」

シルバートは現場を見ていない。否、誰も彼女が特効薬に混ぜ物をした場面に遭遇していない。

それでも彼は確信を持って断言できる。

彼が持つ特別な眼には、全てが映し出されていた。

アストレアがチェックを終えた後、こっそり倉庫に忍び込み、薬品の一部に余計なものを混ぜているヘスティアの姿……。

彼女はアストレアの影響で、薬学について学び始めている。未だ薬師たちには遠く及ばないが、一定の薬物の効果や副作用を知っており、その少ない知識を使って、特効薬に毒を混ぜた。

彼の眼は、その光景だけでなく、彼女が何を考え行動に移したのかも知っている。

意図的に閉ざした特別な瞳に映し出されるのは、他人の感情だけではない。彼の眼が見抜くものは、全ての真実である。

「ヘスティア、君がアストレアをどう思っているのかは知っている。ただ、いい加減大きな勘違いを正しておこう」

「勘違い？　何でしょうか？」

「君一人では、聖女として不完全だということだよ」

「――！」

平静を装っていたヘスティアも、この発言にはわかりやすく、大きく反応してしまった。

シルバートは少し呆れたような表情を見せ、続けて語る。

「君はアストレアを何もできない愚かな妹だと勘違いしている。彼女には聖女としての力がないと思い込んでいる」

「事実ではありませんか？　アストレアに聖女の力はありません。私のように祈りを捧げ、奇跡を起こすことができないのですから」

「君が起こす奇跡こそ、彼女の力に支えられていることに、まだ気がつかないのかな？」

「……」

「心当たりはあるはずだよ。彼女が国を出てから、君の周りでどんな変化があったかな？　彼女がこうして近くにいることで、君の力は強くなったはずだ」

　ヘスティアの脳内では、アストレアが隣国へ旅立った後のことや、彼女が戻ってきてからの出来事が連想されていた。

　図星だった。愚妹だと決めつけていたヘスティアも、心の隅では違和感を覚えていた。

　なぜ、彼女が王都に戻ってきてから、祈りの力が回復したのか。その答えが、アストレアの存在にあるのかもしれない。

　そういった可能性を、彼女はプライドから考えないようにしていた。

「ありえません。アストレアは愚妹です」

「そう思うのは勝手だ。姉妹間の問題に、そこまで口を突っ込む気はない。ただ一つ、言っておこう」

　シルバートは一歩前に出て、ヘスティアに近づいてから見下ろし、わずかな怒りを抱いた視線を向ける。

「次に彼女を陥れようとしたら、俺は容赦しない」

「――！　……」

「誰にも、彼女を不幸にはさせないよ」

「……随分と、アストレアのことを気に入っておられるようですね」

　ヘスティアは引きつった笑みを見せながら、嫌味を含んだ問いかけをする。そんな彼女を憐れむように、シルバートは小さく笑い、背を向ける。

「当然だろう？　彼女は俺が選んだ婚約者なんだ」

　そう言い残し、教会を後にする。

　後姿を眺めながら、ヘスティアは唇を噛みしめていた。

第九章

　フロイセン王国での役目を終えた私は、殿下と共にベスティリア王国の王城へと帰還した。

戻った私たちを待っていたのは、国王陛下の労いの言葉だった。

「アストレア。よくやってくれた」

「ありがとうございます。国王陛下」

　王城に戻った私と殿下は国王陛下に呼び出され、陛下の前で首を垂れながら、ありがたい賞賛の言葉を受け取る。

　フロイセン王国で私が皆と協力して特効薬を作り出し、多くの人々の命を救ったことは、すでに陛下に耳に入っていたらしい。

　シルバート殿下は滞在中も、定期的にベスティリア王国にいる陛下とは連絡を取り合っていたらしく、その中で私のことを伝えてくれたそうだ。

「顔を上げるといい」

「はい」

　国王陛下はいつになく穏やかで、優しい表情をしていた。

「シルバートからアストレア、君の活躍は聞いている。よくぞ、フロイセン王国の民を救ってくれた」

「私一人の力ではありません。多くの方々が支えてくださった結果でございます」

「謙虚さも美徳ではあるが、君の存在が大きかったのも事実だろう。フロイセンの国王も感謝していたよ。願わくは、このままフロイセンに残ってほしいと思っていたらしい」

「そ、それは……」

フロイセン王国に戻るのは、あまり気乗りしない。

気をつけてはいたけど、ちょっぴり嫌がる態度が表に出てしまった。そんな私に、国王陛下は笑いながら続ける。

「安心しなさい。もちろん、君はこの国の人間だ。渡すつもりなど毛頭ない」

「は、はい。ありがとうございます」

「礼を言うべきはこちらだ。君のおかげで、フロイセン王国との関係性もさらに親密になり、今後の外交にもよい影響があるだろう。これからもこの国の人間として、シルバートの婚約者として、恥じない行いを心がけなさい」

「はい」

国王陛下は小さく頷き、シルバート殿下へと視線を向ける。

「シルバート、これから特に大変になるだろうが、気を引き締めるといい」

「わかっています」

真剣に返事をするシルバート殿下を見て、何か大きな催しでも控えているのだろうか、と心の中で思いながら、陛下との謁見が終わる。

私たちの功績は、陛下によってベスティリア王国の人々の耳に届けられていた。

シルバート殿下の婚約者、フロイセン王国の聖女が、故郷の人々を特効薬の力で救った。

ちょっぴり恥ずかしいけど、私の存在を王国の人々にアピールして、もしも似たような脅威が広まっても、私がいるから大丈夫だと、人々を安心させる目的らしい。

必然、私は注目されるようになった。

特に王国に属する貴族の方々から、私と友好的な関係を築きたいと思う人が増えたらしい。


ある日のパーティーに出席した私と殿下は、大勢の貴族たちに囲まれていた。

「ご機嫌よう、アストレア様」

「噂通りの美しい方ですね。シルバート殿下が羨ましいですよ」

「ありがとうございます」

私の周りには男性の貴族が多く集まり、シルバート殿下の周りには、男性よりも少しだけ女性が多いように見える。

容姿も優れているシルバート殿下のことだ。これまでも、さぞ多くの女性から言い寄られたに違いない。

そう思うと、なんだかモヤッとしてしまう。

時間が経過し、パーティーの雰囲気にも慣れ始める。殿下はお忙しそうに、年上の貴族の方々と難しい話をされていた。

私は邪魔をしてはいけないと思い、殿下の元から少し離れた場所にいる。

「こんにちは、アストレア様。初めまして、私はレブターン公爵家当主、ライオス・レブターンと申します」

「こんにちは」

パーティーも終わりがけになった頃、一人の男性貴族が私に声をかけてきた。まだ若いが、公爵家の当主らしい。

優しそうな雰囲気の人で、彼が話しかけてくると、周りにいた貴族たちは場所を譲るように、徐々に私から離れていく。

貴族の中でもよほど地位の高い方なのだろうと予測して、私は少し身構える。

「そう畏まらないでください。私はただ、アストレア様とちょっとしたお話がしたいと思い、こうしてお声をかけさせていただいただけです」

「は、はい」

ニッコリと優しく微笑む姿を見て、優しい人だと思いながら、少しだけ胸に刺さるような感覚を覚える。

「アストレア様の素晴らしいご活躍、耳にしておりますよ」

「いえ、私一人の力ではありませんので」

「謙遜なされずに。さすが、あのシルバート殿下が婚約者に選んだお方だと感心しておりました」

何だろう?

少しだけ棘のある言い方に聞こえた。

「どのようにしてお二人は婚約まで至ったのか、とても興味がございますね。何か特別な出来事でもあったのですか?」

「……そう、ですか。レブターン公爵が思われるほど、特別なことはありませんでした」

私の聖女としての力や、シルバート殿下が抱えている瞳の秘密。それらを知る人間は数少なく、意図的に情報を絞っている。

当たり障りのない回答をするのは、思っていた以上に大変だ。

私たちの関係には、どうしたってお互いの力のことが関係してくるのだから。

「特別なことはなかった、ですか。それは余計に興味深いですね」

「……?」

レブターン公爵はニヤリと笑みを浮かべる。

「お二人はこれまで、公の場で交流を持たれる機会はなかったと聞き及んでおります。シルバート殿下は婚約の話をいくつも断っているとも聞いておりましたが、どういった心境の変化があったのでしょうね」

「それは……私自身も驚いております」

なんとか愛想笑いを作り、誤魔化してみせる。

レブターン公爵は笑みを崩さぬまま、一歩私へと近づき、耳元に顔を近づけて呟く。

「何か相談したいことがありましたら、ぜひお声がけください。この場では言いにくいことでしたら、後ほどお時間を作らせていただきますので」

「は、はい。お気遣いありがとうございます」

「それでは」

ニコッと最後にもう一度笑顔を見せて、レブターン公爵は去っていく。

単なる世話焼き……という風には見えなかった。優しい口調も胡散臭く感じて、なんだかあまり気持ちのいい会話ではなくて……。

「アストレア」

「――！　殿下、もうよろしいのですか？」

「ああ、大体話したいことは話せた」

「そうですか」

「……」

殿下は無言で私の顔をじっと見つめている。何か言いたげな雰囲気を感じて、私は首をかしげて尋ねてみる。

「どうかなさいましたか？」

「いや、少し疲れたな。まだ時間はあるが、早めに帰るとしよう」

「はい。ご一緒いたします」

私と殿下はパーティーが終わるより先に会場を後にする。

会場は王城の敷地内で、私たちは屋敷へと徒歩で戻ることにした。夜空には星々がきらめき、月明かりが優しく大地を照らしている。

周りには誰もおらず、穏やかな風の音が聞こえるだけだった。

静寂を破るように、殿下が私に問いかける。

「……さっき、誰かと話していたな」

「はい。レブターン公爵様というお方が話しかけてくださいました」

「……レブターンか」

「お知り合いの方でしたか？」

質問してから、殿下と王国の貴族の方なのだから、面識があって当然だろうと、自分の質問の幼稚さが恥ずかしくなる。

そんな私の気持ちとは裏腹に、殿下は少し難しい表情で尋ねてくる。

「何かあったか？」

「いえ、特には……ですが少し、私と殿下の出会いに興味があるとおっしゃっておりました」

「……そうか。何か話したか？」

「何かあったか？」

「いえ、ほとんど何も」

「賢明だ。レブターン公爵家はこの国でも名のある貴族の家系だが、現王政を快く思っていないという噂がある」

「そうだったのですね」

自然としっくりくる。レブターン公爵の言葉の所々に、シルバート殿下を探るような意図を感じ取れたのは、気のせいではなかったようだ。

今になってホッとする。余計なことを言わずに、本当によかったと。

「今後も関わりは避けられないだろう。すまないが、注意して受け答えをしてくれ。困ったら俺のところに来てくれたらいい」

「はい。そうさせていただきます」

心強いお言葉を貰って、不安も薄れていく。

殿下が一緒にいてくれる時なら、困っても殿下に相談すれば解決するだろう。政治のことはあまりよくわかっていない。

殿下が王国のために尽力しているのに、私の軽はずみな発言で、全てを台無しにしてしまわぬように、今後も気をつけよう。

「それから……」

「殿下？」

「いや、なんでもない」

「――？」

殿下は私の横顔を見ながら、何かを伝えたい素振りを見せた。けれど誤魔化され、結局何を思ったのかはわからない。

この日を境に、レブターン公爵は頻回に私に接触してくるようになった。

王族は様々なパーティーや会議に出席する。会議は殿下が出るから問題ないが、パーティーは貴族である私も出席することになっていた。

一週間に一回、多い時は二、三回の高頻度で催され、参加するだけでも疲れてしまう。

こんな日々を当たり前のように送っている殿下はさすがだと思った。

私は知らない男性たちと話すだけでも疲れが溜まり、パーティーの最後のほうは、笑顔もぎこちなくなっているのが自分でもわかる。

何度か経験するうちに慣れていく。

そんなある日のことだった。殿下と一緒に参加する予定だったパーティーに、急遽私一人で参加することになった。

「すまないな。本当は俺も参加したいんだが……」

「お気になさらないでください。パーティーにも慣れてきましたので、私一人でも問題ありません。ラインツ王子によろしくお伝えください」

「ああ。もし気分が悪かったりしたら、自分の判断で帰っても構わない。参加さえしてくれたら、周りの貴族たちも文句は言わないだろう」

「はい。そうさせていただきます」

フロイセン王国と会合が入ってしまったらしい。

内容はわからないけど、急ぎの用件らしく、少し慌ただしい様子だった。何かは聞けなかったけれど、忙しそうにしている殿下の邪魔をしないように、私一人でパーティーにやってきた。

さすがに何度目かわからないパーティーだ。

勝手もわかっているし、話しかけてくれる方々の顔ぶれも覚えている。

「アストレア様、今日はお一人なのですね」

「はい。殿下は急なお仕事が入ってしまったそうです」

「そうでしたか。お忙しい方ですからね。ですがお一人では不安でありませんか？」

「ご心配いただきありがとうございます。皆様にこうして声をかけていただけるだけで、とても安心できます」

そう言いながら私は笑顔を見せる。

できるだけ周囲の印象がよくなるように、殿下の評判に繋がるように。婚約者の私に対する評価は、そのまま殿下にも向けられる。

よく見られれば殿下にとっては利点だし、逆に悪く見られたら……。

不安がまったくないわけじゃない。一人でいる時間は、どうしても孤独を感じる。こんなにも大勢人がいて、声もかけてくれるけど。

心の底から信頼できる人は、ここにはいないから。

そんな心細さを感じるタイミングで、見透かすように必ず彼は話しかけてくる。

「お疲れですか？　アストレア様」

「レブターン公爵」

「よろしければ少しお話ししましょう。外に落ち着ける場所がございますので」

「いえ、お気遣いには及びませんので」

この人とはあまり関わりたくない。というより、殿下が不在の今、一番関わるべきではない人物だと認識している。

もう十分にいろんな方々と挨拶を交わした。そろそろ帰宅しても構わないだろう。そう思っていたのに。

「遠慮なさらず、さぁどうぞ」

「あ、え――」

彼は少し強引に、私の手を引いて会場の外にあるテラスのような場所へと移動した。

「ここなら落ち着いてお話ができますね」

「……レブターン公爵、私はそろそろ――」

「せっかくの機会ですので、ぜひ聞いておきたいことがあるのですよ」

「聞きたいこと、ですか?」

ニッコリと笑顔を見せ、彼はテラスの椅子に腰かける。私にも優しい視線で、座ってくださいと言っているようだった。

こういう時、私は自分の意思の弱さが嫌になってしまう。

話をする雰囲気なのに、無理に遮って帰ったら不快な気持ちにさせてしまうかもしれない、とか。殿下の評判が悪くなるかもと、悪いことばかり頭に過る。

結局、私は笑顔の圧力に負けるように、対面の椅子に腰かける。

なるべく早く話を終わらせて、この場所から逃げ出そう。そんなことを考えていた私の心を、公爵の問いかけが突き刺す。

「アストレア様は、本心から婚約されたのですか？」

「……え？」

思いもよらぬ質問に、思わず唖然としてしまった。

「失礼、いささか唐突な質問でした。気分を悪くされたのであれば謝罪いたします」

「い、いえ……なぜそのように思われるのですか？」

「皆が思っていることです。あのシルバート殿下が、急に婚約者を発表なされた。相手は隣国の聖女様、それも少々訳ありと聞き及んでおります」

「……」

隣国の貴族ともなれば、フロイセン王国で私がどんな風に言われていたのか、知っていても不思議じゃない。

「私が知る限り、シルバート殿下は国王陛下よりも慎重なお方です。人付き合いもあまり得意ではないでしょう。そんなお方が……なぜ急に婚約者を見つけたのか」

「……」

「アストレア様にも、何か事情があるのではありませんか?」

　当然の疑問だろう。おそらく、彼以外の貴族たちも、似たような疑問を抱いているはずだ。

　なぜ私なのか。以前、国王陛下にも似たようなことを問われたことを思い出す。

　聖女として未熟な私を、シルバート殿下が選ぶ理由がわからない。私自身気づいていなかった聖女の力は、シルバート殿下と私しか知らない。

　不自然だと思うのは当然で……。

「事情……ですか?」

「ええ。たとえば、断れなかった理由があるとか」

「そのようなことはございません」

「本当ですか?　無理をなさらなくてもよいのですよ?　私はあなたの味方です」

　レブターン公爵は優しく微笑みかける。

　その表情や仕草から、思惑が見え透いていた。私から失言を、誘おうとしている。殿下が非道な方法で、私を無理やり婚約者にしたと思っているのか。

　私の口から不満を聞きたいのだと理解した。

　味方なんて耳に快い単語を口にして、私の心を見透かすように……。

「私もあまり疑いたくありませんが、シルバート殿下は何かと秘密の多いお方です。あの閉じられた眼も、実は見えているのではないかという噂もあります」

「……」

探っているだけだ。確信を持って聞いているわけじゃないから、私は変に反応しない。

「どうやら陛下や、ゴルディオ殿下とも距離を置かれているようですし、裏では人に言えないようなことをしている、などということも」

「失礼ですが、殿下はそのようなお方ではありません」

黙ってやり過ごすつもりだったのに、自然と口が動いてしまっていた。

口にしてから、しまったと少し思う。けれど、これでよかったとも思えるから不思議だ。

「アストレア様？」

「私の前で、殿下のことを悪く言うのはおやめください」

「これは失礼いたしました。あくまで噂ですので、私自身信じているわけではありません。ただ、もしもアストレア様が不本意に婚約されたのならと」

「不本意ではありません」

殿下のことを悪く言われて、苛立ってしまったらしい。私の口は勝手に、レブターン公爵の言葉を否定する。

「私は、私自身の意思で殿下と婚約しました。殿下と一緒にいられることは、私にとって何より幸せなことです」

「——そう、思わされているだけではありませんか？」

「いいえ、心からの言葉です」

「……」

「――アストレア！」

「――!?」

じっと見つめ合う私たちの元に、慌てた様子でシルバート殿下が姿を見せる。

「殿下、どうしてこちらに？　会合は終わったのですか？」

「まだ途中だ」

抜け出してきたというの？

殿下は私を見て安心し、続けてレブターン公爵のほうへ視線を向ける。

「これは殿下、パーティーには参加されないと聞きましたが」

「レブターン公爵、彼女は私の婚約者、いずれ妻となる女性だ。あまり私のいないところで、勝手をされては困るな」

「……申し訳ありません。余計な気遣いでしたね」

レブターン公爵は額からわずかに汗を流し、逃げるように私たちの前から立ち去っていく。去り際、睨むように私を見ていた。

少しだけ怖くて、ゾッとする。

「アストレア、大丈夫だったか？」

「殿下のほうこそ、会合を抜けてまで来てくださったのですか？」

「ああ……君と、レブターン公爵が一緒にいる光景が、この眼に映ったんだ」

そう言いながら、眼帯で閉ざされた左眼に触れる。

「どうしてだろうな。いても立ってもいられなくなった。こんなに慌てなくとも、君と俺の関係は変わらないとわかっているのに」

「殿下……？」

「ああ、そうか。これが嫉妬というやつか」

安堵と呆れが交じり合ったようなため息をこぼす。殿下の眼には、一体どこまで映っているのだろうか。

真実を見抜く眼……真実とは一体何なのか。

「知りたいか？」

「え？　すみません」

「いや、いい。いい加減、話してもいいだろう」

殿下はいなくなったレブターン公爵の代わりに、私の対面の椅子に腰かける。

「俺のこの眼は、ただの眼じゃない。真実を見抜く眼……なんて呼ばれているけど、実際に見えるのは、全てだ」

「全て……？」

「そう。俺が望むもの、望まぬもの、全てを映し出してしまう。他人の感情、過去、未来までも……見たくなくても見えるんだ」

そこまで見えているとは思わなくて、なんとなく予想していた私も大きく驚かされる。

眼を閉じている状態でも、殿下の瞳は対面の人の感情を映し出す。直接見ることができれば、その人の全てを覗き込むこともできてしまう。

そんな強力な眼を持ちながら、正常な精神状態でいられることが驚異的だ。

もしも私にそんな力があったら、きっと誰とも関わりたくないと思い、二度と部屋から出てこないだろう。

便利な力なんかじゃない。知りたくないことまで、勝手に知らされるなんて耐えられない。

「俺はこの眼で、自分の未来を見た。本当は見るつもりはなかったんだが、鏡に映った自分を見た時に、流れてきたんだ」

「殿下の未来の光景、ですか」

「ああ、そこにはアストレア、君がいたんだ」

「――――！　私が、殿下の未来に？」

殿下はこくりと小さく頷いた。

ずっと疑問ではあった。どうして殿下が、私のことを選んでくれたのか。私のことを見つけてくれたのか。

まるであの日、出会うことが決まっていたかのように、私たちは出会い、婚約を果たした。

そこには確かな理由があって、その理由こそが、殿下の見た未来なのだろう。

「光栄です」

「アストレア？」

幸せな気持ちになる。

殿下が見てくれた未来に、私が一緒にいる。たったそれだけのことで、私の未来が報われていることがわかってしまった。

好きな人とこの先も一緒にいられる幸福に、ただ感謝ばかりしている。

「俺は、君に申し訳ないと思っていたんだ」

「どうしてですか？」

「未来を勝手に見てしまった。君の意思も聞かず、君を婚約者に選んだ。これは結局、俺の我がままでしかないんだ」

「殿下……」

「俺が見た未来は、数ある未来の一つでしかない。そこにたどり着くかどうかは、俺と君次第で、そうじゃない可能性もある。君が望まないなら……」

違う未来の可能性も、この先に無限に広がっている。殿下はそう言いながら、とても悲しそうな表情をしていた。

それが嫌で、こっちまで悲しくなって、私は口を開く。

「私は望んでいます。その未来を」

「――！　アストレア」

「私は今、とても幸せです。殿下がこうして私を選んでくれたから、殿下との未来を、私も心から望んでいます」

「――そうか」

殿下は一瞬、泣きそうな顔を見せて、顔を伏せて隠す。

「一生、誰も愛せないと思っていたんだがな」

「殿下？」

「アストレア、俺も君との未来を望んでいる。君が望んでくれるのなら、その願いは、俺たち二人の願いだ。そう思いたい」

殿下は顔を上げて、私のほうへと手を伸ばし、そっと手を包み込むように握る。

「はい。望んでいます」

「ありがとう。アストレア……俺と――」

殿下が握る手に、ぎゅっと力が込められて、その口から聞こえるのは、私たちの未来を、可能性ではなく約束へと変える言葉。

「結婚してくれないか？　婚約者じゃない。妻として、俺と一緒にいてほしい」

「――はい。私も、殿下のおそばに」

◇◇◇

レブターン公爵家は、代々ベスティリア王国でも高い地位と権力を持っている。

王族の次に広大な土地を持ち、数々の事業に参加し、輝かしい功績を収めてきた。ベスティリア王国にとってなくてはならない存在だが、それ故に彼らは欲を持ってしまっている。

王族ではない。自分たちこそが、ベスティリア王国を席巻する存在なのだと。現王政を崩壊させ、自身を中心にした新しい統治体制を作り出す。

国家転覆に等しい野望を持つ彼らは、王族の失態を集めていた。

しかし国王も、二人の王子も堅い性格で、まったくと言っていいほど不祥事を起こさず、その予兆すらない。

そこに新たに加わった第二王子の婚約者。

使えると判断し、接触を図ったが失敗してしまい、レブターン公爵は苛立っていた。

「……チッ、上手く躱《かわ》されてしまったか」

隣国の聖女の片割れであり、落ちこぼれと揶揄されていた彼女が婚約者になったのは、何らかの理由が隠されている。

その理由を公にすることができれば……そう考えていたが、アストレアはシルバートのことを心から信頼していた。

ついに結婚へ踏み切ったという報告を受け、結婚式の日取りまで決まっている。

「次の手を……ん？　これは……」

屋敷で書類整理をしているところに、一通の手紙があることに気づく。差出人は、フロイセン王国の貴族、ウィンドロール家である。

「……ふふっ、なるほど。そういう方法もあるのか」

レブターン公爵は不敵な笑みを浮かべる。手紙の最後には、差出人の名前がハッキリと記されていた。

――ヘスティア・ウィンドロール、と。

◇◇◇

私は殿下と結婚する。婚約者ではなく、第二王子の妻になる。

つまり、私もこれから王族の一員になるということだ。

「夢みたい」

結婚式の当日は慌ただしく、衣装や会場の準備でいろんな人たちが屋敷に出入りしていた。

私も、ウエディングドレスを着るために部屋で待っている。

あのプロポーズのすぐ後に、私たちは陛下たちに報告をした。

国王陛下やゴルディオ殿下も祝福してくれた。私の存在は、王国にとっても必要だと思ってくれていたから、殿下のパートナーとして、新たな王族の一員として、認めてもらえていたらしい。

そのことは素直に嬉しかった。

結婚は人生にとっても一番大きな催しだ。願わくは、来てくれる人たち皆に祝福してもらいたいと思う。

もちろん、難しいのは理解している。一定数、快く思わない人はいる。

「お姉様……」

結婚式には、フロイセン王国からも参加者が集まる。ラインツ王子はもちろん、私の身内であるウィンドロール家から、お父様やお姉様が参加する予定だ。

顔を合わせた時、何を言われるのか少し不安ではある。

せっかくの結婚式なのだから、できれば気分よく終えたいのだけど……。

「――え？」

その時、窓が開いたのがわかった。

風と共に何かが動いて、私の前に立ちはだかり、そこから意識が沈んで……。


気がついた時、私は見知らぬ部屋にいた。

「ここ……え？」

手足がロープのようなもので縛られている。身動きが取れず、無理に外そうとしても私の力ではどうにもならない。

「気がついたかしら？」

「――！　お姉……様？」

鏡を見ているような気分だった。私の前に立っているお姉様は、私とまったく同じ格好をしている。

「どう？　そっくりでしょ？　姉妹だものね」

「な、何をしているの？」

「このまま私が、アストレアの代わりに結婚式に出てあげる」

「――！　何を考えているの！　そんなこと許されるわけないよ！」

この大事なタイミングで、お姉様が私に嫌がらせをしてくるなんて思わなかった。しかもこんな思い切った方法で。

私は慌ててロープを解こうとするけど、やっぱり私の力ではびくともしない。

「思ったよりすんなり進みましたね」

「ええ、ご協力に感謝しますわ」

「……あ、あなたは……！」

暗闇の中からもう一人、知っている顔が見える。

疑問はあった。彼女一人で、こんな大掛かりなことができるはずがない。必ず協力者がいるだろうと。

彼を見て、私は納得してしまった。

「レブターン公爵……」

「こんにちは、アストレアさん。こんなところで会うなんて奇遇ですね」

「何を……」

「くくっ、そうですよ。私が彼女に協力させていただきました」

「どうしてこんなことをするのですか？」

わかりきった質問ではあるけれど、聞かずにはいられなかった。レブターン公爵はニヤリと笑みを浮かべて言う。

「もちろん、現王政を崩壊させ、この国に変革をもたらすためですよ」

「何のためにそんなことを！」

「私の国にするためですよ。そのためには、現王政は邪魔なのです。まったく隙がなく困っていましたが、ようやく転機が訪れましたよ。あなたのおかげでね」

「っ……」

私のせいで、この国の今が崩壊する？

悔しさに唇を噛みしめる私を笑いながら、お姉様は言う。

「あなたはしばらくここで大人しくしていなさい。私に気づかない間抜けなシルバート殿下と楽しいひと時を過ごしたら、全部ばらして台無しにしてあげる！」

「何を言って……」

「結婚から逃げ出した愚かなアストレア！　入れ替わりにも気づかなかった哀れな王子様！　どっちも間抜けよね？　ぐちゃぐちゃにしてあげるわよ」

「そ、そんなことしたら、お姉様だって！」

「私なら平気よ？　ぜーんぶ、あなたがやったことにするもの。そうできる準備はしてあるわ」

お姉様は不敵な笑みを浮かべる。

レブターン公爵という協力者のおかげで、全ては計画された犯行となる。お姉様は成功と破滅を確信して、高らかに笑った。

「それじゃ、バイバイ。アストレア」

「ま、待って！」

「少しの間、いい夢が見られて満足だったでしょう？　もう邪魔なのよ」

　バタンと、部屋の扉が閉まる音が響く。

　窓もなく、真っ暗になって、ここがどこかもわからない。レブターン公爵も、彼女と一緒にいなくなってしまった。

「誰か！　誰かいませんか！」

　声は届かない。密閉された部屋で、いくら叫んでも助けは来ない。それでも叫び続ける。せっかく幸せになれると思っていたのに。

「こんなの……」

　嫌だ。絶対に、失いたくない。

　殿下の顔が脳裏に浮かぶ。お姉様は知らない。殿下の秘密を、あの眼のことを。殿下ならきっと、私のことに気づいてくれる。

　だから信じて待つんだ。殿下が迎えにきてくれるまで――

　私はもう、自分の幸せを諦めたくないから。

◇◇◇

結婚式の会場が開かれ、大勢の来客で賑う。

来客たちが指定の席に座ってから、新郎であるシルバートが神父の前に立ち、後から入ってくる新婦を待っている。

「ふぅ……」

珍しくシルバートも緊張していた。

深呼吸をして、定刻になり結婚式が始まる。

扉が開き、新婦が入場する。

ウエディングドレスに身を包んだ美しき花嫁に、会場の皆も見惚れていた。だが一人、違和感に気づく男がいる。

新郎と新婦が向かい合う。

「知っているか？　フロイセンの聖女、ヘスティアが体調を崩したらしい」

突然、シルバートは新婦である彼女に世間話を始める。もちろんその声は、会場の人々にも聞こえていて、皆が首をかしげる。

「ラインツが困っていたよ。もしまた感染症が蔓延した時、すぐに対処できるように、支援ができるように態勢を整えた」

「シルバート殿下？」

「こんな時、この眼があってよかったと心から思う」

彼は眼帯に閉ざされた瞳に触れながら、目の前にいる花嫁に……否、偽りの花嫁に言い放つ。

「部屋で寝込んでいると聞いていたが、元気そうで何よりだね？　ヘスティア・ウィンドロール」

「――！　な、何を……私は！」

「アストレアじゃない。俺が気づかないとでも思ったのか？」

「ど、どういうことですか？」

一番近くで聞いていた神父が慌て出し、それは会場中に広まった。姿を見せた新婦は偽物であり、彼女の姉であるという、耳を疑う話が。

「な、馬鹿な……ヘスティア!?」

父であるウィンドロール公爵は、震えるほどに驚きを隠せない。

「おやおや、また凄いことを考えたね」

ラインツ王子は呆れた表情でため息をこぼしていた。シルバートはヘスティアを見下すように、鋭い視線を向ける。

「言ったはずだ。アストレアに危害を加えるなら、今度は容赦しないと」

「……しょ、証拠がありません。私はアストレアです！」

「そうか？　なら、証明しよう」

シルバートは走り出す。偽物ではない、本物の花嫁を探すために。

◇◇◇

こんな眼のせいで、俺は他人を疑うことしかできない。

だから永遠に、誰かを愛することなんてできないと思っていたんだ。未来の自分が、女性と一緒に幸せそうな笑顔を浮かべているのを見て、心から驚いた。

俺にもこんな未来が、幸福の可能性があるのかと。

最初は、好奇心のほうが大きかったし、本当に俺が、誰かを愛するなんてできるのか疑問だった。けれど気づけば、彼女のことばかり考えていた。

いつからだろうか。

彼女が他の男と話していると、胸がざわつくようになったのは。

いつからなのだろう。

彼女との未来を、可能性の一つではなく、確かなものだと思うようになったのは。

俺は彼女と一緒に過ごすうちに、孤独では味わえない温かさに、心から信頼してくれる彼女の優しさに、心が絆《ほだ》されていったんだ。

俺の未来は、もう決まっている。

「――！　シルバート殿下！　なぜこんなところに？」

「レブターン公爵、やはりあなたも関係していたか」

アストレアを隠す扉の前で、二人は邂逅する。構わず前へと進むシルバートの邪魔をするように、レブターン公爵は立ちはだかる。

「そこを退け、レブターン公爵」

「結婚式を抜け出して何をしているのですか？　ここには何もありません」

「隠しても無駄だ。お前の処遇は、後でゆっくり話そう」

「……っ！　シルバート！」

レブターン公爵は腰の剣を抜こうとした。窮地に陥り、強硬手段に出ようとした彼だったが、それよりも早く動いたシルバートの手が、剣の柄に触れている。

「なっ……」

「抜かせると思うか？」

剣を抜く暇もなく、レブターン公爵の顎に重い一発を繰り出し、脳が揺れて意識を失った公爵は倒れ込んだ。

「俺に不意打ちは通じない。自分のことしか見えていなかったな。レブターン公爵」

倒れたレブターン公爵を跨ぎ、彼は扉の前に立つ。この先に、将来の妻となるべき女性が待っている。

扉が開く。

特別な眼などなくとも、きっと彼は、彼だけは気づいたのだろう。愛する人はたった一人、運命に定められ、それを幸福だと受け入れた。

間違えるはずがない。

「――迎えにきたぞ。アストレア」

「信じていました。殿下」

愛すべき人を、この手で抱きしめる。


こうして、歴史に残る結婚式は無事に再開され、アストレアとシルバート、二人の未来は、大勢の人々に祝福された。

同時に、その光景を目にした人たちが、彼らの間に本物の愛があることを確信する。

これはまだ幸福の始まり。

思いが通じ合い、共に生きることを願ったスタートラインに過ぎない。

この先の未来で、彼らは様々な困難に直面するだろう。悩み、苦しむこともあるだろう。


そんな日々さえ幸福だと思えるように。

お互いの未来を、今を、全てを愛せるように。

幸福を与える聖女は、この日ようやく、自らを幸福にする術を知ったのだった。

エピローグ

波瀾の結婚式が終わり、私たちは晴れて夫婦となった。

今日は夫婦になって初めて一緒に過ごす夜。結婚式から数日経過してしまったのは、後始末が大変だったからだった。

「待たせてすまなかったな。今夜からは普通の日常に戻れる」

「ありがとうございます。お疲れ様でした。殿下」

「シルバートと呼んでくれ。俺たちはもう、夫婦なんだ」

「——はい。シルバート様」

「アストレア」

少し恥ずかしいけど、こうして名前を呼び合えることが心地よくて、愛おしい。シルバート様は私のことを優しく抱きしめる。

この時間があるのも、全てはあの日、シルバート様が私を見つけてくれたおかげだ。

結婚式での入れ替わりは、レブターン公爵とお姉様が協力して計画した犯行だった。

目的はそれぞれ異なる。レブターン公爵は、自身が最高権力者となり、国家を支配するために王族を打倒したかった。

お姉様は私に対して嫌がらせをしたかっただけだ。子供みたいな理由だけど、自分が積み上げてきた地位を、プライドを傷つけられたことが大きかったのだろう。

二人はそれぞれの国で裁かれることになった。

レブターン公爵は、貴族の地位を失い、犯罪者として王国の牢獄へと入れられた。今回の一件を機に調べたところ、彼はこれ以外にも様々な計画を立てていた。

全ては現王政を崩壊させるために。

中には過激な内容もあり、国王を暗殺する計画を立てていたことがわかった。

他にも国内の情報を他国に売っていたりもしていたらしく、国家反逆罪に該当するとして、厳しい処罰を受けることになった。

彼と繋がりのある他の貴族たちも、これで大人しくなるだろう。


お姉様はこの国の人間ではないため、処遇はラインツ王子たちに委ねられた。

お姉様は聖女として立場がある。それ故に、レブターン公爵のように罪人として扱われることは免れた。

ただし生涯、彼女は行動を監視されることになる。

いつどこで何をするにも、王国の監視者が同行する。その生活に自由はなく、死ぬまで聖女としての役割を果たし続ける。

それこそが、彼女に与えられた罰だった。

お父様はこの件について知らなかったそうだけど、娘の不始末は親の責任でもある。ウィンドロール家は公爵の地位から降格し、伯爵家となった。

一般には知られていないが、結婚式には他の貴族も参加していた関係上、お姉様が何をしたのかは貴族の間で噂となったらしい。

愚かな行いをした彼女は、これから先、冷ややかな視線を浴び続けることになるだろう。

「少しかかったが、これでようやく全て終わったよ」

「……そうですね」

私たちはベランダへ場所を移し、綺麗な月と星々を見上げながら語り合う。

慌ただしかった日々も終わって、静かな夜を過ごせるようになった。

「今夜は月が綺麗だな」

「はい、とても綺麗ですね」

何気ない会話でも、彼と交わす言葉というだけで、胸の奥がジーンと温かくなる。一分一秒を噛みしめて、大切にしていきたい。

「夢みたいだな」

「え？」

「君とこうして一緒にいられることが、だよ。この眼で見た予知よりも鮮やかで、夢のようにはかない時間だった」

「それは……私も同じです」

夢みたいだと思う。私が、大切な人と一緒にいられる。そういう未来をつかみ取れたことに驚いている。

夢ならば覚めないでほしい。永遠に続いてほしい。でも、夢じゃないことは、握られた手の温かさから伝わる。

「俺は……君を運命に巻き込んでしまったことを、申し訳ないと思っていたよ」

「私は嬉しいです。シルバート様と、同じ運命の下に生まれたことが」

「そう思ってくれるかい？」

「はい」

心からそう思える。私は紡がれた運命に、感謝していた。

シルバート様は自身の眼に触れながら言う。

「この眼があってよかったと、何度も思うことになるとは思わなかったな。あの日もこの眼があったから、君を見つけられた」

「そうでしょうか？　私は……もし特別な眼がなくても、シルバート様なら見つけてくれると信じていました」

「——！　それは……眼じゃなくて……」

「はい。シルバート様を信じておりました」

眼があるから特別なのではない。彼がシルバート様だから、私にとって誰よりも特別で、信じられる人なのだと。

そう思っていることを彼に伝えたら、とても嬉しそうで、泣きそうな顔で笑ってくれた。

「アストレア、俺は……いつまでも君を見ていたい。ここに誓おう。君がどこかへ行ってしまわないように、俺は君を見続ける。見失っても、すぐに見つけ出すよ」

「シルバート様……嬉しいです。私はどこにも行きません。あなたの隣に、いつまでも」

ここにいたい。

彼の隣が、この国こそが、私にとって生きる場所だ。

これは運命に導かれた二人のお話……ではない。

運命を知り、運命を自らの手でつかみ取った男女の……恋のお話だ。

MF ノベルス

身《み》代《が》わりで縁《えん》談《だん》に参《さん》加《か》した愚《ぐ》妹《まい》の私《わたし》、隣《りん》国《ごく》の王《おう》子《じ》様《さま》に見《み》初《そ》められました

2024年1月10日　第1刷発行

著　者　日《ひ》之《の》影《かげ》ソラ

発行者　島野浩二

発行所　株式会社双葉社

〒162-8540　東京都新宿区東五軒町3番28号

［電話］03-5261-4818（営業）　03-5261-4851（編集）

http://www.futabasha.co.jp/（双葉社の書籍・コミック・ムックが買えます）

印刷・製本所　三晃印刷株式会社

［電話］03-5261-4822（製作部）

ISBN 978-4-575-24709-1 C0093